LE SECRET DE LA PYRAMIDE

ALAN ARNOLD

LE SECRET DE LA PYRAMIDE

TRADUIT DE L'ANGLAIS
PAR FRANCE-MARIE WATKINS

ÉDITIONS J'AI LU

Ce roman a paru sous le titre original :

YOUNG SHERLOCK HOLMES

1

Un soir d'hiver de 1870, un riche comptable londonien à la réputation exemplaire se jeta par une fenêtre du troisième étage de son appartement de Pimlico. Inévitablement, dans leurs récits du drame, les journaux évoquèrent des « circonstances mystérieuses » mais sans aller plus loin. L'effroi ou l'horreur qui avait poussé le malheureux à quitter la vie d'une façon aussi spectaculaire n'avait laissé aucun indice quant à sa nature.

Il n'y avait pas eu d'effraction. La police ne trouva aucune trace de lutte. Il convient de noter que quelques clients d'un restaurant voisin se souvenaient qu'il avait fait preuve d'un certain manque de sobriété, en dînant ce soir-là, bien que de l'avis de tous ceux qui le connaissaient il n'eût jamais été un grand buveur. À la première audience préliminaire, famille et amis déclarèrent même qu'il avait toutes les raisons d'être satisfait de la vie et entendait bien en profiter durant les années que lui laissait encore le destin : il venait tout juste d'avoir soixante-dix ans. Étant donné ces témoignages d'un mode de vie aussi irréprochable, quel verdict pouvait rendre le coroner, sinon celui du suicide ? Mr Bentley Bobster de

Pelham Street avait mis fin à ses jours « dans une crise de déséquilibre mental momentanée » : une phrase communément employée en de telles affaires car elle jette un voile commode sur l'inexplicable. Quand la vérité sur les dernières heures de Bobster émergerait finalement, on pourrait voir combien ces mots étaient appropriés.

Je dois révéler ici que ce n'est en aucune façon grâce à la police que cette vérité fut découverte, bien que sur le moment on lui en attribuât l'honneur. Non, les circonstances entourant le décès de Bobster resteraient ignorées à ce jour, si tout n'avait dépendu que de la police. Ce fut le résultat de la persévérance d'un singulier personnage, que j'étais destiné à connaître quelques jours à peine après ce curieux événement et qui devait avoir sur ma vie une influence profonde. Je veux parler, naturellement, de ce génie de la déduction, Mr Sherlock Holmes.

J'évoque un autre siècle et les premières années du vingtième (un siècle où j'avoue me sentir beaucoup moins à l'aise que dans celui, si confortable, de Victoria) et pourtant je vois encore Holmes faisant irruption dans le bureau de Lestrade, à New Scotland Yard (il avait alors le grade de brigadier), pour le presser de prendre l'affaire en main. J'entends encore sa voix vigoureuse, pleine d'impétuosité juvénile, implorer Lestrade d'être moins lent à agir. Je me souviens de la colère brûlante de Holmes quand ce policier satisfait de lui-même refusa de le prendre au sérieux.

Ma foi, tout cela se passait il y a quarante ans. Quand je me demande pourquoi les événements de cet hiver-là sont encore si nets à mes yeux, je sais que c'est un de ces tours que joue le temps. Alors que l'espérance de vie diminue, le passé déploie plus lumineusement ses feuillets; les grandes aventures de la jeunesse brillent avec un éclat accru. La mort de Bobster allait être la première maille d'un réseau enchevêtré, où m'attira Holmes.

Ce devait être sa première affaire. Depuis quelque temps, je suis troublé qu'elle n'ait pas encore été rapportée. Je sens que j'ai négligé mon devoir envers un homme célèbre qui était aussi mon meilleur ami. Ne m'avait-il pas décrit, après tout, comme son Boswell (1) ? À vrai dire, il avait dit cela dans un moment d'irascibilité extrême, où il était johnsonien au possible, mais je suis sûr qu'il l'entendait comme un compliment. À l'époque, je manifestais une considérable répugnance à être entraîné dans une autre de ses aventures (celle que j'ai relatée plus tard sous le titre *Un scandale en Bohême*) mais je suis certain que c'était un cri du cœur. « Restez où vous êtes, docteur, avait-il ordonné. Je suis perdu sans mon Boswell. » Comment pourrait-on résister à cela ?

Ainsi, j'estime que je dois de nouveau jouer mon rôle « boswellien » en rapportant cette toute première affaire à laquelle Holmes et moi fûmes mêlés. Je commencerai par cette froide soirée de décembre 1870, celle de la mort imminente de Bobster, que les avantages de la perception rétrospective me permettent de reconstituer...

Bien qu'il neigeât à gros flocons, rien ne pouvait dissiper la sensation de bien-être de Mr Bobs-

(1) James Boswell, mémorialiste anglais du XVIIIe siècle. Auteur de *La vie de Samuel Johnson*, célèbre moraliste et critique dont il nota tous les gestes et propos durant leur vingt années d'amitié.

ter, quand il quitta son bureau de Mayfair. Tout en refermant à double tour la porte de la rue, il songea que l'année avait été particulièrement bonne dans sa carrière de comptable. C'était, bien entendu, le baromètre de l'état de la nation elle-même. Malgré les troubles naissants en Irlande et l'insoluble problème du chômage, l'Angleterre demeurait le pays le plus riche du monde. Elle avait été rendue plus puissante encore du fait de l'effondrement total de la France qui s'était rendue aux Prussiens, cette même année. À présent, aucune puissance ne pouvait disputer à Londres le rang de capitale financière du monde. Naturellement, il y en aurait toujours pour délirer à propos d'injustice sociale, parmi lesquels Mr Gladstone. Premier ministre depuis deux ans, il suivait une ligne politique radicale qui, de l'avis de beaucoup de gens, compromettait l'économie et affaiblirait l'esprit même de l'Empire. Mais Mr Bobster savait que dans le commerce, on traite de réalités, pas d'idéaux. La simple vérité était que, pour le développement, on avait besoin de main-d'œuvre bon marché; pour maintenir les salaires à des taux très bas, il fallait qu'il y eût une centaine de postulants pour un emploi. Le projet insensé de Mr Gladstone de rendre l'instruction obligatoire jusqu'à l'âge de douze ans ne pouvait qu'être nuisible. Il ne fallait rien attendre de bon dans l'avenir avec ce genre de sottises et Mr Bobster pensait que les masses laborieuses en étaient elles-mêmes conscientes. Cela les mettrait mal à l'aise de rivaliser avec leurs supérieurs.

Ainsi, lorsqu'il partit à pied le long de la chaussée animée, où les fiacres et les omnibus à chevaux se frôlaient en un flot incessant, tout lui paraissait-il confirmer ses théories. Les vitrines étaient gaiement décorées pour Noël. On n'apercevait pas un visage triste. La marchande d'allumettes le salua joyeusement; une femme qui proposait de la lavande lui souhaita une bonne soirée. Un jeune gamin à la mine éveillée vendait des tartelettes, proclamant à grands cris leur qualité. Satisfait, Mr Bobster alluma un cigare dont l'arôme se mêla agréablement à l'odeur des marrons rôtissant sur des braseros. Il était réconforté à la pensée qu'il n'y avait rien de fondamentalement mauvais dans la plus grandiose ville du monde.

Des amis demandaient parfois à Mr Bobster pourquoi, à soixante-dix ans, il ne prenait pas sa retraite et ne quittait pas toute cette agitation pour vivre paisiblement à la campagne. C'était qu'ils ne le connaissaient pas. Il appréciait la vie citadine et aimait gagner de l'argent. Abandonner maintenant, ce serait sûrement abréger sa vie. D'ailleurs, il profitait du meilleur des deux mondes, passant la semaine à Londres, où il avait un petit appartement commode, et des week-ends dans sa maison de Norfolk où sa femme, dont la santé était fragile, vivait en compagnie de leur dernière fille à marier. Des week-ends ennuyeux (d'un ennui mortel, s'avouait-il franchement) pour un homme aussi mondain et grand voyageur que lui. C'était le seul regret qui l'affligeait à l'occasion. Il avait perdu de vue les amis de sa jeunesse, les condisciples de sa vie d'écolier. Il se rappelait leurs visages d'ambitieux (méconnaissables aujourd'hui sans aucun doute), leur énergie débordante, la période avec eux sous des cieux orientaux. Car parmi ses plus chers souvenirs figurait l'année qu'il avait passée en Égypte avec un groupe de camarades.

Emmitouflé dans sa pelisse, son chapeau haut

de forme bien planté sur ses épais favoris, il ne pouvait qu'avoir la nostalgie de ce pays doré, de la camaraderie qu'il avait connue sous le soleil du désert. Maintenant que son ventre était mou et ses joues bouffies sous ses petits yeux renfoncés, il ne pouvait que soupirer en rêvant à sa jeunesse et à ses enchantements perdus. Mais il se ressaisit. Les regrets étaient pour les vieux qui n'avaient pas réussi. Mr Bobster croyait fermement que la vie avait encore beaucoup de bonnes choses en réserve pour lui. Ce qu'il lui fallait maintenant, c'était un excellent dîner.

Devrait-il essayer Escoffier ? Un nouveau chef français, réfugié à Londres après la débâcle de Paris, était, disait-on, un maître. Ce matin encore, un collègue avait vanté sans réserve sa cuisine, évoquant plus particulièrement une certaine cervelle en matelote. Mr Bobster avait eu l'eau à la bouche en écoutant son ami décrire ces tendres cervelles de veau qui, après avoir mijoté dans une sauce au vin, avaient refroidi dans leur jus et que l'on servait, fermes et succulentes, avec un beurre aillé. Le seul accompagnement acceptable serait un mâcon léger, jugea Mr Bobster. À moins qu'il ne se montre plus anglais et conservateur en allant chez Simpson ? Cet excellent restaurant du Strand proposerait sans doute une terrine de lapin ou un autre mets aussi traditionnel qu'il ferait naturellement suivre de l'irrésistible « cabinet pudding », un des plats préférés de Mr Disraeli. Il envisagea aussi de prendre un fiacre pour aller à l'élégant St. Jame's Hall de Piccadilly dont les spécialités étaient les grillades, les cailles rôties et le saumon mariné. Il songea également à Pimms, un restaurant spécialisé dans les viandes rouges qui avait ouvert près de St.Paul cette année même et qui commençait à être renommé aussi pour ses apéritifs.

Absorbé par sa rêverie culinaire, il faillit passer devant la Maison Panton sans jeter un coup d'œil à sa devanture. Le menu était affiché, et Mr Bobster se dit qu'il serait sot d'aller chercher plus loin alors que ce délicieux petit établissement était là à portée de la main. Il y avait toujours été bien reçu et n'avait jamais manqué d'en être satisfait. De plus, l'habileté de ces gens en matière de faisans était tout à fait remarquable. Ils connaissaient avec précision le temps du « faisandage » et, avant de les rôtir, ils les enveloppaient d'une barde de lard et glissaient une échalote dans leur gosier. Ils étaient raffinés pour la garniture et n'oubliaient jamais le cresson et les petites boulettes de viande. S'il y avait du faisan au menu ce soir, c'était décidé, il n'irait pas plus loin que Panton.

Mais Mr Bobster était suivi. Une silhouette curieusement vêtue avait surgi d'une ruelle et s'était furtivement attachée à ses pas. Le sinistre individu, enveloppé dans une cape à capuchon, sous un chapeau à large bord, avait gardé Bobster à portée de regard, apparemment dans quelque sombre intention. Si Bobster n'avait pas été aussi préoccupé par les délices de la table, peut-être eût-il perçu, malgré le bruit de la circulation, un tintement insolite qui aurait attiré son attention sur la silhouette massive. Car, à chaque pas, une amulette dorée cliquetait contre le bracelet que portait l'inconnu. Le comptable gourmand n'avait en tête que le faisan. Alors qu'il constatait qu'il y en avait effectivement au menu, il se produisit un autre incident bizarre. Il ressentit une vive et fugace douleur, semblable à celle d'une épingle qui lui aurait piqué la nuque. Il y porta la main. Ne voyant pas de sang sur ses doigts, il haussa les épaules et entra chez

Panton, sans se douter que la sombre silhouette avait lancé un trait de sarbacane, avant de disparaître dans la nuit.

Attablé dans la chaleur du restaurant, détendu parmi les bonnes odeurs appétissantes, Bobster buvait à petits coups un délicieux petit madère en attendant sa commande. L'endroit était animé, il y avait surtout des couples, mais Bobster n'avait jamais pensé que la compagnie fût nécessaire pour goûter la bonne cuisine. Au contraire, le rite du dîner au restaurant était mieux apprécié si l'on était seul, assis devant une nappe amidonnée et objet des attentions déférentes de serveurs respectueux. Telles étaient les pensées de Bobster alors qu'il nouait sa serviette et que le maître d'hôtel posait devant lui un plat d'argent, en soulevait le couvercle et révélait le gibier dodu. Bobster salivait. Il prit son couteau et sa fourchette et il allait découper sa première portion quand il se produisit une chose effrayante. L'oiseau ressuscita !

Il bondit de son plat ! Il poussa des cris perçants, il gronda ! Il attaqua avec des griffes acérées comme des rasoirs et un bec terrible ! L'oiseau lui laboura la figure et le torse, le mit en sang, dans un assaut dément. En vain le malheureux essayait-il de se protéger, l'attaque du faisan était impitoyable. Terrifié, il se leva, saisit l'oiseau entre ses mains blessées et le jeta par terre.

– Mon Dieu ! s'entendit-il gémir en retombant sur sa chaise, épuisé par la bataille.

Alors seulement, il s'aperçut qu'il était le pôle d'attraction de l'attention générale. Les dîneurs, les garçons, et même les cuisiniers au seuil de la cuisine le regardaient avec incompréhension. Cela le mit en colère. Ils avaient vu ce qui s'était passé. Il avait lutté contre la mort. Pourtant, il n'y avait aucune compassion dans leurs regards, rien qu'une perplexité réprobatrice. Soudain, il vit que le faisan était de nouveau sur son plat. Il regarda ses mains. Pas une égratignure. Ses vêtements n'étaient pas en désordre. Tout était normal. À part l'expression des visages qui l'entouraient, absolument rien ne suggérait qu'un incident incongru s'était produit. Gêné, maintenant, tout autant qu'effrayé, il se leva de table et partit.

Quand il rentra chez lui, Mr Bobster s'était quelque peu ressaisi. Il soupçonnait qu'il avait été victime d'une hallucination. En pensant à la scène qu'il avait faite, il rit nerveusement. Les dîneurs de Panton devaient à peine s'être remis du choc, car les Anglais ont du mal à excuser pareil manque de maîtrise de soi, surtout en présence d'inférieurs. Les serveurs, quant à eux, auraient naturellement conclu qu'il était ivre. Il commença à se sentir un petit peu mieux.

Sa frayeur le reprit quand la paire de solides chevaux de pierre qui, sur des socles, flanquaient l'escalier, si familiers qu'il les remarquait rarement, parurent le menacer. Il arriva à sa porte et prit sa clef. Soudain, le trou de serrure devint une bouche ouverte, avec des dents prêtes à le dévorer ! Elle tenta de lui happer la main. Il hurla. Le trou de serrure lui grignota le bras. Pourtant, une fois qu'il se fut libéré, secoué au-delà de tout entendement, il ne vit plus ni bouche, ni main ensanglantée, rien qu'un trou de serrure tout ce qu'il y a de plus ordinaire. Il n'avait pas été blessé. Tout était normal.

Baigné de sueur froide, Mr Bobster entra chez lui et referma la porte à double tour. L'aspect familier de son appartement contribua à le calmer. Les lampes dans leurs appliques de cuivre répandaient une chaude lumière. Même le lourd portemanteau d'acajou où il accrocha son chapeau et sa pelisse avait quelque chose de rassurant. Enfin il était en sécurité, chez lui. Il se passa la figure à l'eau froide, dans une cuvette, et s'essuya devant une glace. Au même instant, il vit son chapeau voler dans les airs et venir se poser sur sa tête. C'en était trop ! Qui jouait à des jeux aussi bizarres ? Faisant appel à tout ce qui lui restait de sang-froid, il retourna au portemanteau, raccrocha son chapeau, haussa les épaules avec mépris et se détourna. Sur ce, deux des branches du portemanteau se tendirent et le retinrent prisonnier. En proie à une terreur extrême, il se débattit, mais les tentacules resserrèrent leur étreinte et furent rejoints par deux autres qui s'enroulèrent autour de son cou. Il ne pouvait même plus crier. En outre, les supports des appliques s'allongeaient pour participer à l'attaque. Chacun brandissait une boule de feu, qu'il lança à travers la pièce. La première atterrit sur le lit, la seconde dans une armoire. Elles furent suivies par d'autres et bientôt des boules de feu atterrirent partout. Les flammes embrasèrent tout l'appartement. Dans un effort surhumain, Mr Bobster se dégagea. Il lui fallait sortir de là. Mais la porte brûlait, il n'y avait d'autre issue que la fenêtre. Mr Bobster sauta en brisant les carreaux et tomba sur le trottoir glacé. Il le heurta avec un effroyable bruit mat. Mr Bobster était mort. Après s'en être assurée, une silhouette enveloppée d'une cape disparut au coin de la rue... accompagnée par un lancinant tintement.

2

J'avais seize ans cette année-là et j'étais en pension à Carlisle, juste au sud de la frontière écossaise. Ce malheureux établissement, jamais très bien doté, succombait sous une montagne de dettes et de factures de scolarité impayées. Quand il ferma, mon père décida de m'envoyer au collège Brompton, dans le quartier de South Kensington, dont il avait entendu dire du bien par un ami. Je ne sus jamais qui était cet ami mais le recul me permet de conclure qu'il n'était pas un très bon juge en matière d'institutions scolaires.

Mon ambition était de marcher sur les traces de mon père et de devenir médecin; on espérait que Brompton me préparerait à de futures études médicales à l'université de Londres. Cela finit par arriver en effet mais le lecteur en conclura peut-être que ce fut plutôt en dépit des années passées à Brompton qu'aux douteux avantages que j'en retirai. Dès le début, mes études ne furent pas seulement compromises par le niveau inférieur de l'enseignement mais par mes fréquentations.

Ce n'est pas sans hésitation que je souligne ce dernier point car, en revenant sur le passé, je me rends compte que ce fut pour moi un singulier privilège de connaître un jour Sherlock Holmes aussi intimement, même si par moments je maudissais son insupportable égoïsme. Cependant j'allai bien à l'université, dont je sortis en 1878 avec un doctorat en médecine, en bonne et due forme. Je devins médecin militaire attaché au 5e Fusiliers du Northumberland et plus tard aux Berkshires avec lesquels je servis à la bataille fatale de Maiward (1880), théâtre d'une sanglante défaite des Britanniques devant Ayub Khan.

J'ai rapporté cela dans mes souvenirs (*Les réminiscences du Dr John H. Watson*, anciennement du Service Médical aux Armées), publiés en 1882 sous le titre *Une étude en rouge*. J'y racontais comment, dans cette bataille, j'avais été frappé à l'épaule par une balle de Ghazil qui me fractura l'os et frôla l'artère sous-clavière. Je serais sûrement tombé entre les mains des redoutables Ghazils sans le courage de mon ordonnance, qui me jeta sur le dos d'un cheval de bât et parvint à me ramener en sécurité dans les lignes britanniques.

Pendant des mois, on désespéra de ma vie, jusqu'à ce que je me remette finalement à l'hôpital de la base de Peshawar. Finalement, je fus transféré à bord du transport de troupes *Orantes* et arrivai un mois plus tard à Portsmouth, avec une santé irrémédiablement compromise. Mes parents étant morts, je n'avais plus aucune famille en Angleterre. À contrecœur, je jugeai qu'il y aurait de meilleures perspectives d'avenir pour un médecin à Londres, une ville que, depuis mon enfance d'écolier, je considérais comme l'égout dans lequel tous les oisifs de l'Empire étaient irrésistiblement attirés. Je demeurai pendant plusieurs mois dans un hôtel du Strand, menant une vie sans confort ni utilité, avec une pension insuffisante. Mais naturellement, tout cela et les années suivantes avec Holmes au 221b Baker Street sont de l'histoire ancienne. Cependant, par ce triste après-midi de décembre où j'arrivai à Londres pour entrer à Old Broms (comme nous appelions familièrement cet établissement réservé à l'éducation des fils des professions libérales), j'étais, pourrait-on dire, un garçon dodu. Je suis encore ce qu'il est permis d'appeler rebondi, mais la rotondité d'un homme de plus de soixante ans ne suscite guère de commentaires. Elle confère, au contraire, un air de solidité. Mais chez un écolier, ce n'est pas un avantage. J'étais également de petite taille, avec une crinière brune qu'aucune pommade au monde n'a jamais pu maîtriser. Je considère que cet aspect est assez important pour le mentionner, car cela aidera peut-être le lecteur à comprendre l'ensemble de mon caractère. Pour jouir de cette popularité que mon allure physique ne me permettait pas d'espérer, je comptais sur ma bonne nature, mon amabilité et ma faculté d'apprécier la valeur des autres.

J'avoue que mon habitude de grignoter sans cesse n'améliorait pas mon aspect physique. Depuis ma plus tendre enfance, j'ai toujours aimé avoir quelque chose à croquer; sans doute est-ce puéril mais infiniment apaisant dans les moments de tension. Je me souviens que même lors de ce premier voyage à Old Broms, je me laissai aller à acheter à un vendeur des rues de petits flans tout frais. Je les savoure encore aujourd'hui, je sens le goût piquant de la muscade dans l'épaisse crème aux œufs. J'ai conservé toute ma vie un grand faible pour cette pâtisserie.

(À Baker Street, Mrs Hudson, notre gouvernante, m'en faisait parfois une provision, à l'insu de Holmes naturellement.) Les petits en-cas, donc, contribuèrent à ma rondeur et à cet air que j'ai de toujours porter des costumes trop petits. Mais cela a toujours été pour moi un infaillible soutien moral.

Cependant, ce n'était pas ma principale préoccupation, en ce premier jour à Londres. Je redoutais la vie dans une immense ville. Même enfant, ma nature était celle d'un campagnard et déjà les étendues de la Northumbria et les bonnes odeurs de ses vallons boisés me manquaient. À mes narines encore non rodées, Londres empestait les égouts, la sueur, la suie et le crottin; et c'était effroyablement bruyant. Des phaétons, des camions et omnibus à chevaux (les hommes sur l'impériale exposés aux éléments, les femmes blotties à l'intérieur) se bousculaient dans les rues embouteillées. En regardant par les vitres de mon véhicule brimbalant et fouetté de neige, je fus saisi par toute l'horreur de ce lieu. C'était la plus grandiose de toutes les villes et pourtant elle était essentiellement corrompue. Des enfants en guenilles se pelotonnaient sous des surplombs de pierre, la figure triste, pincée par le froid. Des vendeurs de pommes et de muffins, et d'autres marchands itinérants s'abritaient de la neige sous des auvents de fortune, tandis que les privilégiés se disputaient les fiacres. Çà et là, sur des viaducs et des ponts, des locomotives crachant de la fumée passaient au-dessus de nous, indifférentes à la condition humaine.

Certes, grâce aux exemplaires du *Times* que mon père ne manquait jamais de m'envoyer après les avoir lus (moins, immanquablement, la rubrique nécrologique à laquelle il s'intéressait peut-être professionnellement, en tant que médecin), j'avais beaucoup appris sur les périls de la capitale et son horrifiant pourcentage d'accidents et de crimes. Des gens étaient écrasés par des chevaux, tombaient des toits ou dans les puits de cette ville aux éternelles excavations et chantiers de construction. Ils étaient broyés par les machines à vapeur ou avalés par des fournaises. On retirait chaque mois de la Tamise des cadavres de Londoniens par centaines, généralement avec la gorge tranchée ! Le meurtre et le rapt étaient si courants que l'on n'en conservait même pas de statistiques. Il y avait plus de trente mille criminels fichés, dont les photographies se trouvaient dans les dossiers de la police, et un bien plus grand nombre dont les traits étaient inconnus des autorités. Le cambriolage et le vol dans les rues avaient atteint des proportions records, se montant à des pertes de biens de plus d'un million de livres.

Des sociétés secrètes abondaient, généralement constituées à des fins illégales, allant de fanatiques antitsaristes qui s'attaquaient aux réfugiés russes misérablement installés dans des taudis de l'East End jusqu'aux confréries de fumeurs d'opium de Chinatown. J'avais lu que dans les quartiers les plus pauvres et les sombres ruelles des docks, des ivrognes et des femmes dépravées se battaient pour trouver de quoi nourrir leurs enfants affamés et que si une lumière apparaissait dans leurs sinistres logements, c'était celle d'un pauvre lumignon à la nauséabonde huile de baleine. Dans la ville la plus grande et la plus riche du monde, moins de la moitié de ses quatre millions d'habitants avaient un emploi régulier et légal. J'avais beau être fier de l'Empire, je ne pouvais me défendre de songer parfois que la classe ouvrière de cette métropole violente et perfide payait d'un prix redoutable la gloire et la richesse que leur pays avait acquises. Malgré tout cela, rien ne m'avait préparé à l'aventure qui m'attendait ni à l'extraordinaire personnage qui changerait ma vie.

Ma voiture s'arrêta près d'un ancien passage voûté qui constituait l'entrée du collège. Il contenait la loge du gardien et conduisait à un quadrilatère recouvert de neige. La solennelle antiquité de ces lieux aggrava mes inquiétudes. Je m'efforçai de les chasser tandis que le cocher déchargeait mes bagages. Après tout, ce n'était qu'une école. Cependant, je connaissais quelques détails de son histoire agitée. Un Plantagenêt (Henri VI) avait créé le plus ancien des bâtiments pour en faire une école destinée aux sous-privilégiés. Ses successeurs la laissèrent aux mains de la noblesse provinciale et, pendant un siècle, ses rejetons y furent pensionnaires. Cromwell la ferma tant sa réputation s'était dégradée. Les ailes ajoutées à la construction première révélaient ses subséquents usages. À divers moments, cela avait été un hospice pour les mourants, une caserne militaire, une prison pour dettes. Au début du XIXe siècle, quelques familles catholiques, souffrant de l'ostracisme des établissements protestants, s'unirent pour fonder l'actuel collège, dont ils choisirent le nom en fonction de sa proximité géographique avec Brompton Road et le célèbre oratoire. Naturellement, il ne pouvait se comparer à Eton, Harrow ou Winchester, par le prestige, mais il avait envoyé sa part de jeunes gens à la mort ou à la mutilation dans les expéditions punitives de l'Empire. Il avait également produit un cardinal, plusieurs parlementaires et des recrues pour la Compagnie des Indes orientales, ainsi qu'un général et un missionnaire trop zélé que les indigènes de Nouvelle-Guinée cuisirent et mangèrent ! Peut-être, me disais-je ironiquement en suivant le portier, ce dernier événement était-il à la base de l'estime de mon père pour cette école; une vie entière d'exercice de la médecine l'avait conduit à l'agnosticisme !

Je traversai derrière le portier un immense hall d'entrée où une cheminée monumentale, pleine de bûches, n'était pas allumée. Des tableaux dans de lourds cadres sculptés représentant de lointaines batailles disparaissaient sous une patine de saleté. Des miroirs, embués dans l'air glacial, étaient accrochés si haut qu'ils ne se reflétaient qu'entre eux. Des vitrines étaient pleines de trophées sportifs et d'armes diverses. Une tête d'élan méditait tristement sous une galerie. À côté de quelques armures médiévales, un déploiement de coiffures tribales, pillées en Afrique, paraissait particulièrement déplacé.

Nous montâmes trois étages d'un escalier de pierre et arrivâmes dans un couloir aux murs couverts de plaques à la mémoire des anciens élèves morts au cours de plusieurs siècles de guerres. Un écriteau nous dirigea vers un dortoir portant le nom du duc de Wellington. C'était une longue salle au plafond bas, dont la forme rectangulaire et le quadrillage de poutres révélaient que nous étions dans la partie la plus ancienne du bâtiment. L'aménagement intérieur le confirmait. Je crois bien que le romancier populaire, le regretté Mr Dickens (mort cette année-là en juin), n'aurait pu concevoir de salle d'école plus spartiate. De chaque côté, de petits lits de métal s'alignaient, à peine espacés les uns des autres. Une chaise et une table étaient placées entre eux, et l'effet était d'une uniformité déprimante. Plusieurs élèves étaient présents, tous identiquement vêtus d'un costume noir et d'une chemise à faux col blanche. Certains étudiaient, d'autres bavardaient mais aucun n'était suffisamment absorbé pour ne pas me dévisager avec curiosité. Je trouvai mon lit et m'y assis. Je me sentais exceptionnellement accablé. Ces garçons n'avaient rien d'engageant.

Leur examen continua pendant que je défaisais mes bagages mais je feignis d'y être indifférent. Cela m'était plus facile du fait que ma propre curiosité avait été éveillée par l'état chaotique du lit et du bureau voisins des miens. Chaque pouce carré était occupé par un extraordinaire assortiment d'objets. Il y avait des fioles de cristaux chimiques, un bec Bunsen, des coupures de journaux, un microscope, des trousses de maquillage et de déguisement, une pile de papier à musique et de nombreux livres, la plupart se rapportant au mystère et au crime. Je fus heureux de noter que les récits d'Edgar Allan Poe y figuraient, car pendant des vacances j'avais passé bien des heures agréables à écrire un essai sur la vie et l'œuvre de ce fascinant auteur. Qui que fût l'occupant de ce lit, il déployait manifestement un vaste éventail d'intérêts comprenant, semblait-il, la possibilité de voler dans les airs, puisque sur le mur il avait placé des reproductions de croquis de Léonard de Vinci pour un projet de machine volante.

Je m'interrogeais sur cet intriguant mélange quand je pris conscience que quelqu'un, dans la salle, jouait du violon. Mais en disant « jouait », je suis trop flatteur. Cette personne appliquant du crin sur du catgut produisait un son à faire grincer les dents. Je me retournai vers la source de cette abomination. Un garçon, qui devait avoir un ou deux ans de plus que moi, était assis devant un pupitre à musique. Il se débattait avec l'instrument comme si l'objet menaçait de l'étrangler. Son aspect m'impressionna. Il avait l'œil vif et perçant, le nez mince, en bec d'aigle. Cela donnait à son visage une expression de vigilance et de décision. Son menton carré, ferme, révélait l'homme de distinction. Je remarquai qu'il avait les mains tachées et décolorées par de l'encre et des produits chimiques mais qu'elles possédaient de toute évidence plus de délicatesse que ne le laissaient supposer ses prouesses au violon. Sa tenue était négligée. La chemise de soie blanche, déboutonnée jusqu'à la taille, flottait sur un pantalon noir rayé et lui donnait une allure un peu byronienne. L'impression générale était celle d'une énergie nerveuse, de corps et d'esprit. Brusquement, il se leva d'un bond et dans un élan d'impatience extrême il ouvrit une fenêtre; il parut sur le point de jeter son violon dehors.

– Arrêtez ! criai-je.

Il interrompit son geste et me remarqua pour la première fois. Je montrai le violon.

– N'a-t-il pas de valeur ?

Il y avait du défi dans ses yeux.

– Qu'est-ce qui est plus important, le violon ou ma raison ? demanda-t-il avec irritation. (Il ne me laissa pas le temps de répondre.) J'aurais dû maîtriser le damné instrument, depuis le temps !

– Il y a combien de temps que vous jouez ?

– Trois jours.

Je fus amusé.

– Eh bien, peut-être devriez-vous être plus patient.

– La patience est une perte de temps, déclara-t-il sèchement, puis il se radoucit. Mais vous avez peut-être raison. Ma mère serait furieuse. Elle m'en a fait cadeau pour mon anniversaire.

Il posa le violon. Je remarquai sa minceur et sa très haute taille – plus d'un mètre quatre-vingts – mais son extrême maigreur le faisait paraître encore plus grand. Soudain, un merveilleux sourire illumina ses traits.

– Vous êtes le nouveau.

Je tendis la main.

– Oui. J'ai été transféré d'un autre collège. Je m'appelle...

– Attendez ! Je vais vous le dire.

Je fus étonné. Il se mit à m'examiner avec attention.

Je commençais à me sentir mal à l'aise. Une sorte de force invisible émanait de lui. Satisfait de son observation, il se mit à parler.

– Vous vous appelez James Watson. Vous êtes du nord de l'Angleterre. Votre père est médecin. Vous consacrez une grande partie de vos loisirs à écrire. Et vous avez un penchant tout particulier pour les flans. Ai-je raison ?

J'étais, bien entendu, abasourdi et, parallèlement, un peu irrité qu'un inconnu possédât de moi une telle connaissance. Assez peu aimablement, je bougonnai :

– Mon prénom n'est pas James mais John.

C'était plutôt mesquin.

– James, John, quelle différence ? grogna-t-il, vexé.

– Ce n'est pas du tout la même chose !

– Très bien, je vous l'accorde, c'est John.

Manifestement, il tenait surtout à savoir si, pour le reste, il ne s'était pas trompé. Je ne pus dissimuler mon admiration.

– Vous êtes tombé juste en tous points. Y a-t-il là quelque magie ? demandai-je, fort curieux de savoir comment il avait fait.

Il était maintenant radieux.

– Aucune magie, Watson. Déduction pure et simple. Premièrement, je vous ferai observer l'étiquette à votre nom attachée au matelas. On y lit « J.Watson ». Alors j'ai choisi ce que je considérais comme un prénom courant commençant par un J. J'ai dit James mais mon second choix était John.

– Naturellement.

Je dus paraître sceptique mais, sur ce, il entreprit de m'éblouir :

– Vos souliers sont d'un modèle qui n'est pas couramment porté à la ville. Ce sont des chaussures de campagnard, d'un style que je me souviens de n'avoir vu qu'une fois, lors d'un bref séjour dans le nord. La peau du majeur de votre main droite a un cal. C'est souvent la marque de l'écrivain. Et vous venez de déballer l'*Encyclopédie des maladies*, de Hunter.

– Et alors ?

– Eh bien, ce n'est pas un ouvrage de référence qui soit à la disposition du grand public. On le trouve cependant dans les bibliothèques des facultés de médecine et chez presque tous les praticiens en exercice. Comme un garçon de votre âge ne peut être passé encore par la faculté de médecine, il doit faire partie des livres possédés par un de vos proches, quelqu'un qui se soucie de votre santé quand vous êtes loin de la maison. Quelqu'un qui vous est très cher et qui a dû vous prêter ce volume. Votre père. Un médecin.

– Oui. Et les flans ?

– Simple, il y a une tache jaune distincte sur

votre revers gauche. Elle est précisément de la couleur jaune de la crème aux œufs servant à la confection des flans, ici dans le Sud de l'Angleterre. Et... ma foi, votre corpulence révèle que vous en mangez fréquemment.

– Pas la peine de m'insulter, grommelai-je, mais le ressentiment qui aurait pu croître dans mon esprit après cette injure gratuite (car c'était ainsi que je prenais la dernière réflexion) fut promptement dissipé par la cloche.

– Venez, nous n'avons pas toute la journée ! s'écria-t-il en prenant vivement un cahier sur sa table et en me faisant signe de le suivre.

– Où allons-nous ?

– Au cours de chimie, naturellement. Vous ne voudriez certainement pas le manquer !

J'aurais pu faire remarquer que je venais à peine d'arriver, mais son enthousiasme était contagieux.

– Au fait, demandai-je alors que nous sortions du dortoir, comment vous appelez-vous ?

– Holmes. Sherlock Holmes.

Nous traversâmes un quadrilatère médiéval sur lequel donnaient un cloître et des escaliers de pierre. Des becs de gaz brillaient derrière des fenêtres à petits carreaux plombés, en avance sur le crépuscule d'hiver. On sentait la présence de fantômes séculaires. Combien de garçons, rêvai-je, avaient traversé cette cour avant moi, certains destinés à être des chefs, d'autres des ratés, mais la plupart pour mener une vie banale sans être effleurés ni par la grandeur ni par l'insoutenable désespoir ? Dans le centre se dressait une statue du fondateur du premier collège, ce pieux monarque qui serait assassiné dans la Tour de Londres. Sous son effigie, quelques garçons battaient la semelle dans le froid intense et la vapeur de leur haleine s'élevait en petits nuages.

Mon nouveau compagnon, toutefois, paraissait insensible au froid. Alors que nous marchions à grands pas dans la neige, il me faisait tout un cours sur la déduction.

– L'esprit déductif ne doit jamais être au repos, Watson. Il est assez semblable à un instrument de musique bien accordé. Il exige une attention et une pratique constantes.

– Et comment s'y prend-on pour bien accorder un esprit ? demandai-je d'une voix qui devait avoir quelque nuance condescendante.

– Avec des équations mathématiques, des problèmes de logique, des énigmes. Par exemple, vous êtes assis dans une salle qui a vue sur le sud. Un ours passe devant la fenêtre. Quelle est la couleur de l'ours ?

– Rouge, répliquai-je en trouvant que c'était là une devinette idiote.

Holmes me regarda d'un air dédaigneux.

– Pourquoi diable voulez-vous qu'il soit rouge ?

– Parce qu'un soleil méridional est brûlant et l'ours reflète son éclat.

Cette fois, il parut ahuri.

– C'est vraiment la réponse la plus absurde que j'aie jamais entendue ! Qui a parlé de soleil ? J'ai dit une vue.

– Ah !

– Il faut réfléchir, Watson. Prenez votre temps, décortiquez l'énigme. Étudiez-la morceau par morceau... Rouge ! répéta-t-il en secouant la tête.

J'eus l'impression d'avoir été bien remis à ma place. Nous fîmes tomber la neige de nos souliers avant d'entrer dans la classe de chimie. Le professeur, Mr Snelgrove, allait faire naître en moi la crainte que, si son cours était caractéristique du niveau général de Brompton, j'y ferais des études caractérisées par leur médiocrité. Il était sénile, il avait une figure ridée de vieux pruneau et l'habitude de s'interrompre au milieu de ses phrases, le regard perdu dans le vague. Après une éternité, il répétait son dernier mot, pas une fois mais plusieurs : « En combinant la quantité voulue de sels de potassium... (longue pause)... oui, de potassium... potassium, vous réussirez une expérience... expérience... » et ainsi de suite. Parfois il sombrait dans un vide si profond que seuls de violents éclaircissements de voix le ramenaient à la réalité.

– C'est mortellement ennuyeux, marmonna Holmes à côté de moi.

Le vieux professeur tripotait des tubes de cristaux et finit par les vider dans un flacon de liquide incolore qui devint immédiatement d'une teinte orangée éclatante. Nous devions maintenant répéter l'expérience ainsi démontrée, mais Holmes dédaigna cette occasion et préféra m'observer. À ce moment, nous fûmes distraits par de petits coups discrets au carreau. Une jeune fille glissa un billet sous la fenêtre et Holmes s'en empara avidement. Je remarquai le regard amoureux qu'ils échangèrent et m'étonnai de la présence d'une jeune fille, et d'une merveilleuse beauté de surcroît, dans un établissement que je croyais strictement réservé aux garçons. Naïvement, je m'exclamai :

– Holmes ! C'était une fille !

– Brillante déduction !

Je méritais ce sarcasme. Il déplia le billet.

– Mais qui est-ce ? demandai-je. Que fait-elle dans un collège de garçons ?

– Elle habite ici. Elle s'appelle Élisabeth. Il y a trois ans, ses parents sont morts à Philadelphie dans un tragique accident. Elle a été recueillie par son oncle, le professeur Waxflatter qui enseignait ici. Quand il a pris sa retraite, les administrateurs lui ont permis de garder son appartement. Le professeur est devenu le tuteur d'Élisabeth.

Holmes lut le petit mot et sourit, puis il me le donna à lire. C'était une manière de poème.

– Qu'en pensez-vous ? me demanda-t-il.

Je lus le quatrain suivant :

Deux cerveaux se fondent en un
Où s'entassent les feuilles du savoir
Près des hommes aux mots dansants
Quand l'horloge dessine un L parfait.

– C'est du charabia, déclarai-je.

– Au contraire, Watson, c'est un très habile message.

Il m'expliqua sa signification :

– Élisabeth me dit qu'elle aimerait étudier avec moi ou, comme elle l'exprime, elle voudrait que nos deux cerveaux n'en fassent qu'un. Elle me donne rendez-vous à la bibliothèque « où s'entassent les feuilles du savoir ». Les livres, mon cher Watson, sont les feuilles du savoir. Elle veut que nous nous retrouvions près « des hommes aux mots dansants ». Elle entend, naturellement, la section des poètes. À trois heures précises.

– Quand l'horloge dessine un L parfait !

– Très bien, Watson, approuva-t-il.

Néanmoins, je trouvais que c'était là un moyen de communication assez prétentieux. Holmes, en revanche, était enchanté qu'elle se fût donné ce mal.

J'avais à présent terminé l'expérience. Mon flacon contenait un liquide d'un bel orangé vif.

– Bravo, dit Holmes en me donnant une petite tape indulgente dans le dos. Mais ce n'est qu'un commencement.

Sur ce, à la vitesse de la lumière, il prit la fiole, la souleva et me fit un clin d'œil.

– Maintenant, amusons-nous un peu, annonça-t-il et il y versa de nouveaux produits chimiques.

Le résultat fut spectaculaire. Le mélange vibra et se mit à bouillir. Des étincelles en jaillirent. Elles devinrent une boule de lumière, un déploiement de feux d'artifice et finalement, dans un merveilleux bouquet, une explosion de lumière orangée illumina tout le laboratoire ! Les élèves applaudirent. Mais Snelgrove était profondément irrité. Le vieux pédant stupide pardonnerait difficilement à Holmes cette impertinente exhibition.

– Nous formons une bonne équipe, Watson, me dit mon compagnon alors que je m'apprêtais à me prélasser au soleil de sa gloire. Venez, nous allons être en retard à la bibliothèque.

Nous arrivâmes effectivement en retard, mais uniquement par la faute de Holmes. Il voulut à tout prix passer d'abord acheter un journal, puis chez un apothicaire où il fit l'emplette d'un sirop pour la toux et en but une grande gorgée. Il déclara ensuite qu'il connaissait un raccourci qui nous permettrait de rattraper le temps perdu, mais ce chemin passait par un endroit où les incinérateurs déversaient les déchets de la journée. Leur chaleur avait transformé la neige en gadoue assez peu navigable. Holmes ne m'en reprocha pas moins notre retard et, en arrivant à la bibliothèque, il se dirigea tout droit vers la section de poésie. Je remarquai son plaisir quand il vit qu'Élisabeth était encore là et son déplaisir non moins vif lorsqu'il s'aperçut qu'elle n'était pas seule. Elle s'entretenait avec un jeune homme qui flirtait ostensiblement avec elle. Sa beauté, pensai-je, devait l'y encourager. Vivant comme elle le faisait parmi un si grand nombre d'adolescents, elle devait y être habituée. Mais ce ne fut pas du tout la réaction de Holmes. Il se montra aussitôt hostile envers ce beau jeune homme dont la mine distinguée et la mise élégante révélaient le rejeton de riches parents. J'appris plus tard que Holmes et ce garçon, nommé Dudley, étaient mortellement rivaux.

Dudley montrait à Élisabeth une montre de gousset en or dont il paraissait extrêmement fier. Visiblement, il espérait l'impressionner.

– Élisabeth admirait ma nouvelle montre, dit-il à Holmes, qui la prit pour l'examiner de plus près. C'est la toute dernière mode.

– Chère ?

– Elle vient d'un des plus grands joailliers de Londres.

Holmes fut sceptique.

– Je juge cela fort improbable.

– Je vous demande pardon ! s'exclama Dudley, vexé.

– Si vous aviez pris le temps d'examiner votre montre, reprit Holmes avec une condescendance écrasante, vous auriez découvert que son style est oriental. Le cadran est suisse, je vous l'accorde, et le mouvement (il la secoua comme s'il s'attendait à entendre un bruit de ferraille) est italien. C'est un méli-mélo total. Votre montre à la dernière mode est un faux.

Il aurait difficilement pu allumer mèche plus explosive. Dudley la lui arracha des mains.

– Gardez vos opinions pour vous, Holmes ! gronda-t-il.(Il s'inclina devant Élisabeth, lui baisa la main et murmura :) Je me fais par avance une joie de reprendre notre conversation... dans des circonstances plus propices.

– Quel âne pompeux, marmonna Holmes tandis que Dudley s'en allait.

– Il est gentil, protesta Élisabeth.

– C'est pour ça que vous le laissez flirter avec vous ?

– Je détecte de la jalousie.

Il le nia vigoureusement.

– Sherlock Holmes jaloux ? Le mot ne figure pas dans mon vocabulaire.

– Pas plus que la ponctualité, on dirait.

– Ah, je vois. Vous étiez fâchée parce que j'étais en retard. Je le regrette, mais je peux vous expliquer. Voyez-vous, en sortant du cours de chimie...

– Attendez, Holmes. Laissez-moi deviner, interrompit-elle, désireuse de jouer au jeu de la déduction. Après le cours de chimie, vous avez couru chez le marchand de journaux acheter le *Times*. Ensuite, vous vous êtes précipité chez l'apothicaire pour y prendre votre remède contre la toux. En vous apercevant que vous étiez en retard, vous avez emprunté le raccourci.

– Excellent, approuva Holmes.

– Très simple, en réalité, dit Élisabeth. Vos doigts sont salis par l'encre d'imprimerie. Votre haleine sent la réglisse et la codéine. Et vos souliers sont maculés de boue. Le seul chemin boueux par ce temps glacial est celui qui passe près des incinérateurs.

– Je vous ai bien instruite.

– C'est moi qui vous ai bien instruit ! rétorqua-t-elle.

Ils s'embrassèrent tendrement et je jugeai bon

de les laisser. D'ailleurs, j'avais fort envie d'explorer la bibliothèque.

Son odeur de moisi révélait que dans ses sombres recoins dormaient des volumes restés sans lecteurs pendant des années. Je me dirigeai vers les étagères d'histoire. Arrêté devant la section *E-H*, j'aperçus un livre d'Hérodote avec une si somptueuse reliure ancienne que je voulus le toucher. Mais il était à une hauteur impossible à atteindre.

Je grimpai sur un petit escabeau tout proche pour me saisir du volume. J'étais sur le point de le prendre quand mes oreilles furent assaillies par un tintement. Cela venait d'une personne grimpant de même sur un escabeau de l'autre côté de l'étagère. Alors que je saisissais mon Hérodote, je compris que celui qui émettait ce bruit s'apprêtait à prendre un volume d'une position correspondante. Par la brèche, j'allais découvrir de qui il s'agissait, mais cela me fut interdit.

Jamais très à l'aise sur des marches, je perdis l'équilibre et tombai, entraînant une averse de livres, parmi lesquels Hérodote. Dans le fracas, l'inconnu prit la fuite.

Élisabeth et Holmes vinrent à mon secours. Ils m'aidèrent à me relever.

– Élisabeth, dit Holmes, j'aimerais vous présenter mon nouvel ami, l'honorable mais maladroit Watson.

Naturellement, je trouvai ce mode de présentation inopportun et très mal formulé, mais je réprimai mes sentiments. Élisabeth fut prompte à me mettre à l'aise. La sincérité de ses yeux admirables fut un baume pour ma dignité blessée. Je m'étais fait une nouvelle amie. Et j'avais complètement oublié Hérodote.

Une fois complètement remis, je me joignis

à mes compagnons pour une promenade dans le quadrilatère. J'étais à l'aise avec eux, tout en sentant que si les rapports entre Holmes et Élisabeth étaient particuliers, ils n'étaient pas de nature à m'exclure. La grâce et l'aisance de cette jeune fille étaient infiniment rares. Je me rappelai ce que Holmes m'avait dit, qu'elle avait eu une tragique histoire, et pensai que sa maturité précoce venait de ses souffrances. Les pertes telles que celle qu'elle avait subie nous mûrissent ou nous brisent; dans son cas, cela lui avait donné une compréhension singulière pour son jeune âge.

Mes réflexions furent brutalement interrompues par une voix criant :

– Holmes ! Élisabeth !

Nous regardâmes dans la direction d'où venait la voix. Elle venait d'un toit où le plus extraordinaire personnage nous faisait signe. À ses cheveux d'un blanc de neige et à son abondante barbe grise, je lui donnai plus de soixante-dix ans mais son agilité démentait cette estimation. Sa tenue était, elle aussi, excentrique car il portait un chandail de couleur vive et des knickerbockers maintenus par des bretelles. Une casquette de tweed d'une forme insolite était perchée de côté sur sa crinière. C'était l'individu le plus bizarre que j'avais jamais vu.

– Je crois avoir résolu tous les problèmes, Holmes, cria-t-il avant de partir en courant en travers du toit pour disparaître à nos yeux.

– Qui est-ce ? demandai-je avec stupéfaction.

– Mon oncle, répondit Élisabeth.

Holmes fut plus explicite :

– Rupert T. Waxflatter, professeur de sciences aujourd'hui à la retraite. Il a des diplômes de chimie et de biologie, il est fort érudit en philosophie, physique et mathématiques, et il est l'auteur de vingt-sept ouvrages savants, pas moins.

– Ahurissant !

– Et la plupart des gens le prennent pour un fou, ajouta Élisabeth.

– Pourquoi ? demandai-je par politesse, car pour ma part je le jugeais totalement insensé.

Ce qui se passa ensuite le confirma indiscutablement. Le vieillard hissait le long d'une rampe un curieux appareil mécanique équipé d'ailes translucides. On eût dit un monstrueux insecte mais je compris vite qu'il s'agissait d'une espèce de machine volante. Il ressemblait à une réalisation des plans de machine que Léonard de Vinci avait dessinés dans ses célèbres cahiers. Le professeur s'y harnacha, tira un levier sur la rampe et fut propulsé dans les airs. De plus, cette mécanique volait ! À l'avant, le vieillard pédalait furieusement. Mais au bout de quelques instants, les ailes commencèrent à s'affaisser, la machine piqua du nez et son vol entama une périlleuse descente en spirale. De toute évidence, elle allait s'écraser. Et elle s'écrasa, en se désintégrant dans les arbres, projetant le professeur dans un berceau de branches dénudées.

Nous nous précipitâmes. L'arbre avait sauvé le professeur mais la machine n'était plus qu'une épave. À ce moment, un inconnu émergea d'une de ces mystérieuses ruelles quadrillant le bâtiment du collège. C'était un vieil homme à l'aspect négligé, mal rasé, le regard fuyant. Il jeta un coup d'œil épouvanté à la mésaventure et disparut aussi rapidement qu'il avait surgi. Cependant, nous avions rejoint Waxflatter et le dégagions. Il était indemne. Son unique souci concernait sa machine.

– Ça fait six, grommela-t-il. Six tentatives manquées.

Nous ramassâmes les morceaux et montâmes laborieusement plusieurs étages, jusqu'à l'appartement du professeur.

C'était un immense grenier, qu'il avait transformé en laboratoire de fortune. Cela me fit plutôt l'effet d'un bric-à-brac scientifique, une corne d'abondance d'idées à demi réalisées bien qu'une, au moins, fût capable de mouvement impulsif : un immense chronomètre de cuivre, qui me fit une peur bleue ! Il y avait partout des livres ouverts, des cartes du monde et du ciel, et des maquettes, à divers stades d'évolution, de la machine que nous avions vue s'écraser. Cet appartement-atelier révélait un esprit curieux et un cœur agité. En dépit de la profusion de livres et de papiers, on n'y avait aucun sentiment de claustrophobie, car de nombreuses fenêtres offraient un admirable panorama de Londres. L'une d'elles me fournit mon premier aperçu du palais de Westminster et de Big Ben.

– J'habite ici avec mon oncle, me dit Élisabeth comme si c'était la chose du monde la plus naturelle. Quand il a pris sa retraite, le collège lui a permis de garder son grenier. On voulait qu'il poursuive ses travaux.

– Bien sûr, murmurai-je sans grande conviction parce qu'il me semblait que le vieux fou n'avait jamais rien achevé.

Le grenier était un musée de ce qui aurait pu être. Mais Holmes était enthousiaste.

– J'ai passé bien des heures heureuses ici, dit-il. Le professeur m'en a plus appris que dix autres maîtres réunis.

Je remarquai alors la présence d'un chien, un petit terrier plein de vitalité. Il me léchait la cheville.

– Dis bonjour à Watson, Uncas, ordonna Élisabeth.

Uncas obéit et j'encourageai ses attentions en lui offrant un caramel, extrait d'un sachet acheté le matin même à la gare de Euston. Je me rappelai non sans peine qu'il n'y avait que quelques heures de cela, car il me semblait qu'une vie entière s'était écoulée. C'était mon premier jour dans une nouvelle école et je me trouvais là en compagnie de Holmes, d'Élisabeth, d'un adorable petit chien et d'un inventeur un peu fou !

Le vieux monsieur triait les morceaux de sa machine détruite et les examinait tous, à tour de rôle, à la loupe. Il cherchait des défauts.

– Avez-vous découvert la faiblesse, monsieur ? demanda respectueusement Holmes.

– J'ai simplement fabriqué les ailes avec un matériau de mauvaise qualité. Elles doivent être renforcées. Il va falloir que je reconstruise tout, encore une fois.

– Toute la machine ? Est-ce que ce ne sera pas difficile ?

Waxflatter haussa les épaules.

– Élémentaire, mon cher Holmes.

« Élémentaire » était un mot que j'allais entendre répéter bien des fois au fil des ans. À en juger par les sourires de Holmes et d'Élisabeth, eux aussi l'avaient déjà entendu. On ne pouvait s'empêcher d'être indulgent; ce vieil homme était vraiment indomptable.

Sur ce, la porte du grenier s'ouvrit bruyamment et je vis apparaître un homme que je reconnus : le mystérieux vieillard qui avait surgi si brièvement dans la cour. Il avait un journal à la main. L'effet, sur le professeur, fut violent. Il devint très pâle. En mettant sa laisse à Uncas, il dit à Élisabeth :

– Il faudra m'excuser. Allez donc faire faire un tour au petit Uncas.

Élisabeth prit la laisse. Avec une précipitation nerveuse, le vieux professeur nous poussa dehors. Au passage, je vis Holmes regarder le journal du singulier visiteur. Un article ressortait, car il était cerclé au crayon. Je pus lire le titre suivant : « Suicide du comptable londonien Bentley Bobster. » Nous entendîmes la porte du grenier se refermer au verrou derrière nous.

Perplexes mais silencieux, nous retraversâmes la cour. Aucun de nous ne souhaitait se risquer à des hypothèses. Le cerveau de Holmes travaillait fébrilement, sa concentration était évidente. Cependant, je ne voulais pas l'interroger prématurément. Pour être tout à fait franc, je ne songeais qu'à une bonne nuit de sommeil. La journée avait été fertile en événements.

3

Le lendemain matin, je me réveillai persuadé de tenir la solution. Non pas quant à l'identité du visiteur inattendu de Waxflatter, mais à propos de la devinette que m'avait posée Holmes. Il était très matinal, une habitude qu'il devait garder toute sa vie. Je me précipitai donc à la salle de gymnastique pour l'en informer.

– J'y suis, Holmes ! m'écriai-je. Je l'ai !

– Vous avez quoi, mon vieux ? demanda-t-il sans aménité.

– La solution de l'énigme, Holmes. L'ours est noir.

Cela l'irrita.

– Faux encore, Watson. L'ours n'est pas noir. Et je vous serais reconnaissant de ne pas me déranger quand je m'efforce de me concentrer sur ma leçon d'escrime.

Le gymnase était l'ancienne grande salle d'honneur et remontait au XVe siècle. Son haut plafond était couvert de sculptures sur bois qui, avec les hautes fenêtres décorées et l'énorme cheminée centrale, témoignaient d'un riche passé. Cette salle avait déjà deux cents ans quand Henri VIII y vint pour festoyer « avec grande munificence », invité par un duc et pair. Plus tard, la reine Élisabeth y eut des rendez-vous secrets avec le séduisant comte d'Essex.

Tous les garçons étaient présents dans le gymnase ce matin-là et, à l'exception de Holmes et de moi-même, ils se livraient sans grand entrain au maniement du fleuret. Il ne me fallut pas longtemps pour observer que le niveau d'adresse était très bas. C'était leur instructeur, William Rathe, qui m'impressionnait. Cet homme agile, souple comme une panthère, dominait tout le monde. Quand il montrait un mouvement, on ne pouvait se retenir d'admirer sa parfaite coordination. Il avait des muscles fermes et la peau hâlée comme par un soleil méridional ou l'air de la montagne. Ses cheveux bruns, ses yeux noirs, ses pommettes saillantes suggéraient des origines méditerranéennes, italiennes peut-être, mais si j'avais dû deviner, je les aurais situées encore plus au sud. Je lui donnais dans les quarante ans. Holmes observait intensément ce personnage intéressant.

Rathe croisait le fer avec un élève qui manquait évidemment d'assurance et l'on sentait que l'instructeur regrettait de ne pas avoir un adversaire plus doué. Le garçon fit un mouvement inconsidéré, perdit l'équilibre et tomba lourdement sur les dalles. Le gémissement de douleur qu'il poussa me fit penser qu'il s'était luxé une cheville. Rathe l'aida à se relever et le conduisit auprès de l'infirmière du collège; elle fit asseoir le jeune homme sur un banc et examina la foulure. Mrs Dribb était la femme la plus maternelle qu'un collège puisse rêver d'avoir comme infirmière. Son uniforme cachait un corps rebondi. Ses cheveux étaient coiffés en chignon et elle avait un visage plein de bonté.

Rathe retourna auprès de ses élèves.

– Rappelez-vous, messieurs. Nous ne pouvons nous permettre de perdre notre concentration. Nous devons travailler la technique, le rythme et l'équilibre.

– Oui, Mr Rathe, répondirent les jeunes gens à l'unisson.

– Je ne vois pas de meilleur élève pour m'aider à démontrer la technique correcte que le jeune Mr Sherlock Holmes, reprit-il en claquant des doigts vers Holmes.

Holmes se leva d'un bond, mit un masque et s'avança vers le centre de la salle. Je jetai un coup d'œil à Dudley. Il avait une expression d'une immense jalousie.

– Etudiez notre posture, nos mouvements, notre style, poursuivit Rathe.

Puis il baissa son masque et salua Holmes, rituellement. Ils croisèrent le fer.

– En garde !

Par contraste avec ce que je venais de voir, ce duel fut merveilleux. Malgré la différence d'âge, Rathe et Holmes se valaient car l'élève compensait par l'énergie juvénile et la fougue l'expérience et la technique du maître. Mrs Dribb elle-même leva les yeux de ses pansements. L'assaut devenait plus passionné, plus compétitif que n'aurait dû l'être une simple démonstration. Tous les yeux étaient rivés sur les deux hommes, chacun résolu à vaincre l'autre. Tout le monde était fasciné par cette splendide exhibition, à l'exception de Dudley qui ne pouvait dissimuler son envie. Enfin Holmes se fendit, Rathe para et Holmes glissa à terre; son fleuret lui échappa. Rapide comme l'éclair, Rathe posa la pointe de sa lame sur la gorge de son élève.

– Touché ! s'exclama-t-il triomphalement.

Les protagonistes ôtèrent leur masque. Holmes

haletait, Rathe n'était même pas essoufflé. Ils se serrèrent la main.

– Holmes a perdu à cause d'un facteur important, expliqua le maître. Son émotion a pris le dessus. Il a oublié la discipline, répéta-t-il à l'adresse de Holmes, puis il lui ébouriffa les cheveux d'un geste amical. Mais c'était très bien, Holmes.

Je consacrai le reste de la journée à m'inscrire aux différents cours que je voulais suivre pendant les deux ans que je devais passer à Brompton. Je m'intéressais surtout aux sujets qui me prépareraient à des études de médecine car, comme je l'ai dit, mon ambition était d'être médecin. Je vis donc peu Holmes, avant que nous nous retrouvions au réfectoire. Là, à la lumière des chandelles, tout le collège était rassemblé. À la table d'honneur, il y avait les professeurs au complet. En groupe, ils étaient plutôt décourageants. Leur âge avancé et leurs longs visages aigris prouvaient que les années passées dans cet établissement les avaient privés de toute espèce d'humour. Les collèges comme Brompton, songeai-je, étaient des îles, éloignées de tout ce qui fait la condition humaine. Nous étions au centre de la plus grande ville du monde, mais nous aurions aussi bien pu être sur la lune. Nous étions entièrement coupés de la réalité. La sagesse, m'a-t-il toujours semblé, n'est pas concomitante du passage du temps, comme le croyaient sans aucun doute ces tristes figures professorales alignées devant nous; elle est issue des chagrins et des joies des rapports humains. Si l'on enferme un homme durant toute sa vie de travail dans une cellule éducative, il devient institutionnalisé, introverti, terne. Même l'aumônier, marmottant en latin une prière inaudible, ne semblait avoir rien trouvé dans la piété pour le réjouir. Sa solennité ne pouvait nous remonter le moral. Il n'y avait qu'une exception dans cette triste assemblée; seul Rathe donnait l'impression d'être amicalement l'un de nous.

Nous étions assis dans le fond de la salle. Holmes ignora superbement les prières. Au-dessus de son assiette à soupe, il avait posé un livre ouvert (une reproduction des cahiers de Léonard de Vinci) dans lequel il s'absorbait. À notre table, il y avait aussi Dudley, un jeune boutonneux appelé Jeremy, près de nous un garçon myope et blême nommé Colin, et Henry, un étudiant grand et musclé qui s'était taillé une réputation d'athlète.

En attendant que la soupe soit servie, notre conversation tourna autour de nos ambitions futures. Dudley ne doutait pas de la sienne : il serait général.

– Les généraux ne gagnent pas d'argent, lui dit Colin, ce qui l'irrita beaucoup.

Jeremy déclara qu'il voulait être écrivain. Encore une fois Colin donna son opinion : les écrivains ne gagnaient pas d'argent non plus. Puis Henry annonça que son rêve était d'être avocat.

– Ah oui, dit Colin. Les avocats gagnent de l'argent.

De toute évidence, Colin voulait simplement de l'argent et la conversation se serait arrêtée là si Dudley n'avait pas tenu à entraîner Holmes.

– Et vous, Holmes ? demanda-t-il. Qu'est-ce que vous voulez faire plus tard ?

Holmes leva lentement les yeux de son livre, mais ne répondit pas immédiatement. Me sentant un peu exclu, je hasardai :

– Moi, je veux être médecin.

Je m'attendais presque à ce que Colin me dise que les médecins ne gagnaient pas d'argent. Je fus d'autant plus surpris – et agacé – par la grossièreté tout à fait gratuite de Dudley :

– Personne ne vous le demande.

À ce moment, Holmes avait sa réponse prête, influencé, soupçonnai-je, d'avoir aperçu Élisabeth promenant le chien.

– Je veux n'être jamais seul, dit-il.

Les garçons parurent étonnés; cela dépassait leur entendement. La soupe arriva et nous mangeâmes en silence. C'était un potage aux lentilles, pas mauvais du tout, mais à mon grand regret, il ne fut pas question d'en reprendre.

Après dîner, Holmes partit à la recherche d'Élisabeth dans les jardins du collège. Elle lui parla d'un incident inquiétant qui lui était arrivé alors qu'elle se promenait avec Uncas. Quelqu'un enveloppé dans une cape avait traversé la cour. Cette personne émettait, dit-elle, « un bruit de petites clochettes ». Uncas l'avait poursuivi. L'intrus avait réussi à escalader un mur mais pas avant que le courageux petit terrier eût arraché un lambeau de la cape noire que l'individu se refusait obstinément à lâcher. Bien plus tard, lorsque Holmes me rapporta cela, je me souvins de ce que j'avais entendu la veille dans la bibliothèque, mais je ne puis dire qu'il réagit avec grand intérêt quand je le lui racontai. Il se contenta d'écouter. J'aurais aussi bien pu me confier à une de ces machines phonographiques qui avaient tant impressionné, récemment, la Royal Association. Je supposai qu'il emmagasinait l'information pour la faire étudier plus tard par son esprit déducteur. Quant à moi, je me demandai qui pouvait bien être celui que Uncas avait poursuivi et ce qu'il cherchait. Pour Holmes et moi-même, la réponse à cette question se situait dans l'avenir. Mais pour le révérend Duncan Nesbit, curé de St.Cyprian, dans la banlieue de Kilburn, elle viendrait beaucoup plus tôt.

L'office du soir était terminé dans l'église de style gothique. Le vieux prêtre n'avait plus qu'à éteindre les cierges de l'autel et ceux qui se trouvaient près du tronc des offrandes. Ensuite, il fermerait à double tour la porte de son église. Au presbytère, sa gouvernante aurait déjà mis ses pantoufles à chauffer près du feu. En général, la fermeture de l'église était une corvée qu'il laissait à son vicaire, mais ce soir il avait autorisé le jeune homme à assister à une conférence sur les léproseries des îles Fidji, un intérêt qu'il ne tenait pas à décourager.

Bienveillant, un peu voûté, le révérend Duncan Nesbit s'affairait dans l'église assombrie. L'orgue majestueux et les splendides vitraux étaient des symboles dont il était fier. Ils représentaient la prospérité croissante de sa congrégation et, naturellement, la piété de ses fidèles car Kilburn était en pleine expansion, avec des rangées de belles maisons à quatre étages habitées par les familles d'hommes exerçant des professions libérales et qui prenaient tous les jours le train pour Londres. Il poussa un soupir d'aise. Le Seigneur avait été bon pour lui, pas seulement en lui accordant cette paroisse mais en lui donnant des ouailles aussi dévotes et respectables. Il se demanda s'il pouvait avoir la présomption de penser que c'était la récompense de son indéfectible foi.

C'était une foi qui avait subi une épreuve exceptionnelle car, avant sa décision d'entrer dans les ordres, il avait eu à lutter contre les exigences de la chair. Cela se passait à une période située entre ses études à Old Broms et son entrée au séminaire. Il avait profité de l'intermède pour voyager, avec un groupe de condisciples de son vieux collège, voyage qui les entraîna dans des pays où d'autres dieux étaient adorés. Naturellement, il comprit plus tard que ces peuples étaient des païens égarés mais, étant jeune, il avait accepté un moment leur point de vue philosophique selon lequel la religion, étant inventée par l'homme, était vouée à être aussi diverse que l'humanité elle-même. C'était un point de vue matérialiste qu'une rencontre qu'il fit dans un pays musulman ne contribua pas à dissiper. Il tomba amoureux.

Elle était la fille d'un planteur de coton égyptien et ils avaient fait connaissance alors qu'il visitait Zagazig, une ville de province dans le delta du Nil. Comme il avait combattu contre lui-même ! Naturellement, il comprit plus tard qu'il avait été sauvé par son anglicité essentielle… et quelques sages conseils de ses parents qui lui avaient écrit pour lui faire observer qu'une jeune Arabe se sentirait terriblement déplacée à Harrogate, berceau de la famille, et que sa présence perturberait les dames non mariées de cette respectable ville d'eaux. Finalement, il avait renoncé à ses intentions de mariage. Au grand soulagement de sa famille et de ses amis, il était rentré chez lui se préparer à la prêtrise. Après son ordination, il avait été envoyé à St. Cyprian où il était, depuis plus de trente ans maintenant, respecté et, pensait-il, apprécié.

Il y a toujours une consolation à tirer du sacrifice, se dit le révérend Duncan Nesbit, si tant est qu'il eût réellement fait un sacrifice. En se préparant à éteindre le dernier cierge de l'autel, il se sentait en paix avec le passé.

Il passa aux cierges brûlant près du tronc et s'arrêta pour admirer une fois de plus le vitrail qu'il préférait. C'était une représentation en rouge écarlate, jaune et bleu, du jeune Judas acceptant les trente deniers. Ce vitrail lui avait beaucoup rappelé la cupidité de l'homme et le pouvoir qu'avait Satan de le distraire de sa juste vocation.

À ce moment, il perçut un son musical, une sorte de tintement, et ressentit une soudaine et vive douleur. Il mit le tintement sur le compte d'une aberration. Il ne fit guère attention à la douleur, qui n'avait duré qu'une fraction de seconde. Mais le prêtre confiant n'avait pas vu la silhouette vêtue d'une cape abaisser une sarbacane et sortir par la porte ouverte. Il contemplait encore le vitrail, admirant le talent de l'artisan qui avait si bien représenté la trahison de Judas.

Sur ce, l'incroyable se produisit. Le soldat romain du vitrail s'anima ! Il bondit de la fenêtre dans la travée.

Malgré le choc, le prêtre éprouva une joie radieuse. Il était sûrement en présence d'un miracle. Ce fut seulement lorsque le soldat dégaina son épée et marcha vers lui d'un air menaçant que la peur envahit le doux religieux. C'était un tour du Diable. Il poussa un cri tout à fait inhumain.

Le soldat se rapprocha en brandissant l'arme redoutable et le vieil homme prit ses jambes à son cou. Il rassembla toutes ses forces pour s'enfuir. Retroussant sa soutane, il courut vers la porte ouverte et s'élança sur les marches, vers la rue animée. Le presbytère était en face. Il fallait qu'il l'atteigne.

Une voiture à quatre roues, dont le cheval

allait au galop, le renversa. Le prêtre affolé s'était précipité sous les sabots. La foule accourut, mais il n'y avait plus rien à faire. Quand on le dégagea, il était indubitablement mort, ce que nota aussi la sombre silhouette en cape.

À l'intérieur de St. Cyprian, un cierge solitaire brûlait encore. Dans le silence, Judas et le soldat étaient figés. Comme ils l'avaient toujours été, depuis la consécration de l'église.

4

Ma fascination pour le caractère de Sherlock Holmes augmentait chaque jour. Je puis affirmer franchement que le « culte du héros » n'y était pour rien. Entre adolescents jetés dans la compagnie les uns des autres, de tels sentiments peuvent aisément se développer et, dans l'atmosphère introvertie d'un collège anglais, devenir malsains. Non, ce qui me passionnait, c'était l'esprit de Holmes et sa manière de le faire travailler. Ses pouvoirs de déduction analytique étaient si remarquables que je n'avais qu'un regret : la supériorité sur ses semblables que ces pouvoirs lui apportaient s'exprimait souvent par de l'intolérance. Il serait exagéré de dire que Holmes était arrogant. Simplement, il voyait les choses autrement que le commun des mortels.

Il y avait certes des aspects de sa personnalité que je trouvais critiquables, mais je m'interdisais de formuler mes sentiments. J'estimais alors, comme aujourd'hui, que l'on accepte un homme, verrues, etc., et que si la somme de ses défauts est plus importante que la somme de ses qualités, on s'en écarte. Ne jugez pas si vous ne voulez être vous-mêmes jugés, c'est un axiome que je me suis toujours efforcé de suivre. Nous sommes mal équipés pour juger notre prochain. Holmes m'a fait observer une fois (et je l'ai rapporté dans *Le signe des quatre*) qu'il est extrêmement important de ne pas laisser son jugement être influencé par des qualités apparentes. La femme la plus charmante qu'il avait jamais connue, m'a-t-il raconté un jour, fut pendue pour avoir empoisonné trois petits enfants afin de toucher l'argent de leur assurance, alors qu'un individu de ses relations qui lui inspirait la plus vive répulsion était en réalité un philanthrope qui avait dépensé plus de 250 000 livres pour les pauvres de Londres.

Il semble donc mesquin de mentionner certains des aspects les moins sympathiques de Holmes : par exemple, sa faculté d'être soudain grincheux et taciturne s'il n'y avait pas à ce moment quelque drame ou événement passionnant pour concentrer sa pensée. Il se retirait alors dans un coin et s'efforçait de jouer du violon; en toute justice, je dois reconnaître qu'il s'améliora avec les années. Il était désagréablement capricieux, sujet à des sautes d'humeur. Il avait une bonne dose d'égotisme, aussi, qui lui faisait mépriser les domaines de connaissances humaines dont il était totalement ignorant. Bien plus tard dans notre amitié, je devais dresser la liste de ses capacités sur divers sujets. Par exemple, ses connaissances littéraires, à part ce qui touchait au crime ou au sensationnel, étaient presque totalement nulles. Parfois, naturellement, le sensationnel est traité d'une manière littéraire – comme dans l'œuvre de Poe – mais pourtant, quand un jour je crus lui faire un compliment en comparant ses pouvoirs à ceux du détective de Poe, Dupin, il répliqua en haussant les épaules que Dupin était un être très inférieur. La philosophie et l'astronomie ne l'intéressaient pas. Il n'en savait pas long en politique. Ses connaissances botaniques étaient imprécises ou du moins particulières : il ne savait rien des plantes et cependant tout des poisons. Il ne s'intéressait que marginalement aux espèces non humaines et il était aussi bien capable de disséquer un chien que de le caresser, si le résultat promettait d'être analytiquement intéressant. Il était érudit en chimie, et, en anatomie, précis; quant à ses connaissances de la loi anglaise, elles étaient essentiellement pratiques. Même durant ces années d'études, il lui venait des passions singulières, telles que les variétés de cendres de cigares et de cigarettes, la composition des sols, les empreintes de pas. Une de ses caractéristiques les plus irritantes, toutefois, était sa manie de considérer comme inutiles des domaines du savoir que la plupart d'entre nous jugent d'une importance capitale. Bien des années après notre temps de collège, j'écrivis que Holmes ignorait totalement, ou feignait d'ignorer, le mécanisme du système solaire. Il se moquait éperdument de savoir que la terre n'était pas plate. Un jour que je lui expliquais la théorie de Copernic, il me répliqua :

– Vous paraissez ahuri que je ne la connaisse pas. Eh bien, maintenant que je la connais, je vais m'efforcer de l'oublier. Il est de la plus haute importance de ne pas laisser les connaissances inutiles chasser celles qui sont utiles.

– Mais le système solaire ! protestai-je.

– Que diable voulez-vous que ça me fasse ? Vous dites que nous tournons autour du soleil. Si nous tournions autour de la lune, ça ne changerait rien pour moi ni pour mon travail.

Mais quel était au juste son travail ? Qu'aspirait-il à devenir ? Je me posai ces questions bien souvent durant notre séjour à Brompton. C'était uniquement un souhait respectueux de ne pas être indiscret qui me retenait de l'interroger de manière directe sur ce sujet.

Il semblait toutefois obsédé par les comptes rendus de crimes, dont Londres était le champion, et il était au courant de toutes les horreurs perpétrées depuis le début du siècle. À la réflexion, je pense que si j'avais été plus perspicace, j'eusse compris que l'avenir de Holmes se situait dans ce domaine. Mais aurais-je prévu le résultat – à savoir que Sherlock Holmes était destiné à devenir le plus grand détective que le monde ait jamais connu, un limier amateur dont les pouvoirs d'observation, de perception et de déduction lui vaudraient le respect et l'envie de Scotland Yard ? Je ne crois pas. Nous n'étions, après tout, que des collégiens.

Holmes lui-même, avec sa fantastique intelligence, ne dédaignait nullement faire des farces d'écolier. Ce fut d'ailleurs au début de ma deuxième semaine à Brompton qu'il en monta une avec un enthousiasme particulier. Tout le collège bourdonnait d'excitation. Dudley avait défié Holmes à une compétition d'ingéniosité et de déduction. Il avait subtilisé et caché le trophée d'escrime de Brompton. Holmes devait découvrir cette cachette en soixante minutes. Dudley le chronométrerait. Holmes releva le défi et, avec un coup d'œil assuré à Élisabeth, il s'écria :

– La partie commence !

Holmes traversa le quadrilatère, suivi à une discrète distance par les garçons. La plupart des maîtres étaient présents aussi. Rathe, en particulier, l'encourageait. Waxflatter était monté sur son toit pour apporter aussi son soutien vocal. Seul Snelgrove avait une mine réprobatrice; il jugeait cette compétition dépourvue de dignité, un gaspillage du précieux temps d'étude. Mais il était indéniable que nous, nous étions tous emportés par l'esprit du défi et voulions que Holmes réussisse.

Sa recherche l'entraîna vers l'aile des arts, où il examina de près tous les tubes de couleur dans la boîte de peinture de Dudley, sans que nous sachions pourquoi. Il m'avait expliqué qu'en matière de déduction, il raisonnait à rebours, en remontant du résultat à la cause; je supposai donc qu'il avait déjà une hypothèse en tête et espérait que sa future découverte la confirmerait. Quoi qu'il en soit, il revint vers le quadrilatère et suivit des traces de pas dans la neige, qui le conduisirent au laboratoire de sciences où, en passant, il examina un squelette employé pour le cours d'anatomie mais, remarquant une fissure sous une fenêtre, il ouvrit ladite fenêtre et sortit. Il atteignit l'escalier de secours et monta sur le toit. En le traversant, il trouva une brèche d'environ trois mètres entre ce toit et le suivant qui était celui du réfectoire. À la stupéfaction de tout le monde, il courut et sauta, franchissant la brèche de justesse. Puis il disparut par une verrière.

– Méprisable, bougonna Snelgrove. Un étudiant qui se comporte comme un chimpanzé.

Mais Mrs Dribb lui fit des reproches.

– Voyons, Mr Snelgrove, il s'amuse un peu. Vous devez quand même vous rappeler ce que c'est que s'amuser.

– Bah ! rétorqua Snelgrove. Ce gamin est trop précoce et trop centré sur lui-même. Jamais il ne trouvera ce trophée.

– Je vous parie une guinée qu'il le trouvera, intervint Rathe, et le maître de chimie accepta.

Une fois dans la cuisine du réfectoire, Holmes fouilla dans les placards et chercha sur les étagères. Il examina même les casseroles et autres ustensiles. Il ne s'attendait certainement pas à y découvrir le trophée. Non. Il cherchait autre chose, qu'il trouva sous un four. Il y avait là quelques petites particules blanches qu'il considéra à la loupe. Puis il repartit. Mais quand il retraversa la cour, son assurance parut faiblir, au point que nous pensâmes tous que Holmes allait échouer.

Je consultai ma montre et lui criai :

– Vous n'avez plus que cinq minutes, Holmes !

Il fit mine de ne rien entendre, alors je le répétai.

– Je vous avais bien entendu, répliqua-t-il sèchement. Vous ne voyez pas que je me concentre ?

Évidemment, j'aurais dû le savoir. Mais j'étais persuadé qu'il avait perdu. Pour me calmer, je dévorai un caramel. Il allait renoncer, j'en étais certain. Il se dirigea vers l'escalier central et tapa des pieds sur la première marche. Il baissa les yeux sur ses souliers, maintenant entourés de neige pilée, et sa figure s'illumina. Il gravit le reste des marches quatre à quatre. En arrivant dans le hall principal, il courut vers la grande cheminée à côté de laquelle Dudley tenait son chronomètre.

– Plus que deux minutes, Holmes, dit Babcock. Je pense que vous renoncez ?

– Ne pensez jamais rien, mon brave.

– Mais je ne vois aucun signe du trophée, Holmes.

– Moi si.

Triomphalement, Holmes leva les bras vers la cheminée et y prit un grand vase richement bariolé. Il était sur le point de le jeter par terre quand Snelgrove se précipita.

– Holmes ! Êtes-vous devenu fou ? Ce vase est une antiquité !

Mais Holmes ne se laissa pas dissuader. Avant que l'on puisse faire un geste pour le retenir, il l'avait jeté par terre, où il se brisa en mille morceaux. Et parmi les débris apparut le trophée d'escrime du collège !

Ce fut un moment héroïque. Dans le chaos, je vis Snelgrove remettre à Rathe, de mauvaise grâce, une guinée d'or. Dudley s'en alla, bouillonnant d'hostilité venimeuse. Mais la foule acclamait Holmes, et Élisabeth et moi étions radieux.

Plus tard, au dortoir, je demandai des explications à Holmes. Il était ce jour-là d'une impénétrable réserve et jouait du violon d'une façon un peu moins discordante que d'habitude; je n'étais pas sûr du tout qu'il allait répondre. Cependant, il posa son instrument et me dit :

– Dans la cuisine, j'ai remarqué sous le four des particules de céramique récemment cuite. J'ai trouvé cela bizarre, dans une cuisine uniquement utilisée à la préparation des repas. Je me suis rappelé la boîte de peinture de Dudley. Il était manifeste que les tubes de couleur venaient de servir depuis peu. Mais rien ne se raccorda avant que je traverse la cour et songe alors à des traces de pas. Vous vous souvenez peut-être que j'ai tapé des pieds, en arrivant à l'escalier, pour faire tomber la neige. Cette neige s'est accumulée autour de mes souliers en une couche égale. C'est cette image qui m'a suggéré une idée. Mon pied encastré dans la neige et le trophée encastré dans un vase. Le seul vase auquel je pouvais penser était la précieuse antiquité sur la cheminée du hall. Mais, naturellement, Dudley n'aurait jamais osé y toucher. Il avait donc fait une réplique du vase. Mais elle était si défectueuse que j'ai vu tout de suite que ça ne pouvait être qu'une reproduction. Je l'ai donc cassé et, bien entendu, j'ai fait apparaître le trophée.

– Stupéfiant, Holmes. Vraiment stupéfiant.

À ce moment, nous fûmes distraits par une voix derrière la fenêtre.

– Holmes !

Waxflatter l'appelait d'une voix pressante. Il était de nouveau sur le toit. Une nouvelle version de sa machine volante était perchée sur le rebord en équilibre précaire. Les ailes étaient plus grandes et le chiffre 7 avait été peint sur le fuselage.

– Cette fois, j'ai définitivement résolu le problème ! s'exclama le vieux fou.

Il se harnacha et tira sur le levier. Quelques secondes plus tard, il planait au-dessus de nous. Mais pas pour longtemps. Il avait du mal à naviguer. Les commandes refusaient de répondre. La machine volante n° 7 descendait rapidement. Elle dériva vers une congère et y atterrit avec une certaine dignité. Holmes et moi courûmes ramasser les morceaux.

Un peu plus tard, dans son grenier, le professeur ne paraissait pas avoir souffert de sa mésaventure. Nous entassâmes les diverses pièces détachées. Nous allions partir et le laisser à ses recherches quand Holmes s'arrêta devant le bureau de Waxflatter. Il y avait là un journal, qu'il ouvrit à la rubrique des décès. Un entrefilet avait été cerclé au crayon. Je vis le titre : « Le révérend Duncan Nesbit renversé et piétiné par des chevaux ». Holmes lut l'article et parut troublé. À en juger par le coup d'œil qu'il lança à

Waxflatter, sa principale crainte était pour le professeur.

Quelques jours plus tard, pendant la pause de midi, Holmes m'invita à l'accompagner au siège de la police métropolitaine. Je fus surpris mais flatté qu'il attache du prix à mon soutien moral. Une éducation protégée ne m'avait pas préparé à un contact avec les défenseurs de l'ordre. Le travail de la police était de protéger les biens et, dans la mesure du possible, la vie humaine, mais j'avais toujours été amené à penser qu'il valait mieux éviter tout contact avec les policiers.

Je savais que Holmes était très soucieux; le dortoir avait eu droit à plus que sa part normale de massacre musical. Je supposai que la mission dans laquelle il entendait s'embarquer avait un rapport avec ce qui l'absorbait. Mais je fus quand même étonné d'apprendre qu'il n'était pas un inconnu dans les couloirs de Scotland Yard, sur le Victoria Embankment. Il connaissait parfaitement le chemin et trouva sans peine le bureau du fonctionnaire qu'il venait voir.

– Holmes ! s'exclama cet officier de police, visiblement navré de cette intrusion. Ça fait longtemps qu'on ne vous avait pas vu. Trois ou quatre jours ?

Le sarcasme échappa tout à fait à Holmes.

– Cela ne prendra qu'une minute de votre temps précieux, Mr Lestrade, dit-il.

Ce policier avait le rang de brigadier comme en témoignait la petite plaque de cuivre sur son bureau. Le fait que Holmes n'employa pas son grade en s'adressant à lui ne fit rien pour améliorer l'atmosphère.

Le jeune policier corpulent aux cheveux déjà clairsemés avait un teint terne et un soupçon de moustache. Il était gonflé de sa propre importance et devait avoir dans les vingt-cinq ans. À mon avis, il devait vivre dans un des nouveaux lotissements construits à Camberwell ou dans une banlieue semblable du sud de Londres. Il avait sous doute une gentille petite femme ambitieuse, attendant qu'il gravisse les échelons dans la hiérarchie policière. Indiscutablement, il considérait Holmes comme un jeune blanc-bec intelligent et trop cultivé, qui tenait à lui faire perdre son temps.

En Angleterre, les élèves des écoles privées sont considérés par le grand public comme des privilégiés. Lestrade, lui, représentait la petite bourgeoisie moyenne. Il en voulait certainement à Holmes de l'éducation que lui-même n'avait pas eu le bonheur de recevoir. Pour arriver là où il était, derrière un bureau anonyme chargé de piles de papiers, il avait dû travailler dur.

– Il n'y a pas de nouveaux crimes à étudier pour vous, Holmes, pas d'affaires nouvelles, déclara le policier agacé.

Il regrettait d'avoir laissé cet exaspérant jeune homme pénétrer dans les lieux. Il se rappelait la première fois où Holmes avait frappé à sa porte, pour expliquer qu'il écrivait une thèse sur le crime et qu'un contact avec un inspecteur en pleine action lui serait d'une grande aide. Pourquoi avait-il accepté ? se demandait Lestrade. Avait-il été flatté ? Avait-il cru à tort qu'en aidant un garçon du collège de Brompton il se ferait bien voir de ses supérieurs ? Quel qu'ait été son mobile, il le regrettait amèrement.

Il remua impatiemment des documents sur son bureau.

– Eh bien, Holmes ?

– Je ne suis pas ici pour des raisons de recherche, répliqua Holmes sans se troubler. Mais je crois être sur une piste.

– Ah non ! Vous n'allez pas recommencer !

– Cette fois, j'en suis certain.

Encore une fois, le policier eut recours au sarcasme.

– Vraiment ? Tout comme le mois dernier quand vous étiez convaincu que l'ambassadeur de France avait détourné trois cent mille livres ?

– Je n'étais pas tombé loin, dit Holmes. C'était l'ambassadeur de Russie.

– Vraiment, Holmes, je n'ai pas le temps d'écouter vos hypothèses de gamin.

Holmes exhiba les deux coupures de presse, les articles sur la mort de Bobster et celle de Nesbit. Il les remit à l'inspecteur.

– Jetez un coup d'œil à ceci. Je soupçonne des crimes.

– Mais ces incidents n'ont pas le moindre rapport !

– Faux ! Les deux hommes étaient diplômés de la même école, la même année.

– Coïncidence, bougonna Lestrade.

Holmes reprit les coupures.

– Aucune de ces morts ne concorde avec leur personnalité. D'après cet article, Bobster était un homme heureux, satisfait de la vie, de sa carrière, de sa famille. Pourquoi se serait-il suicidé ? Il n'a même pas laissé une lettre.

Il attendit en vain que Lestrade réagisse.

– Et le révérend Nesbit, selon le journal, est décrit par ses amis comme un homme chaleureux, affectueux, pacifique. Pourtant, le cocher de cette voiture l'a vu se jeter sous les sabots de ses chevaux « comme un fou, un dément en pleine panique ».

Lestrade parut réfléchir. Il se fit condescendant.

– Une soudaine fluctuation du caractère, Holmes, n'est guère une preuve suffisante pour ouvrir une enquête, dit-il. (Puis l'irritation reprit le dessus.) Je vous conseille de ne plus fourrer votre nez dans les journaux et de le plonger plutôt dans vos livres de classe.

Holmes soupira, conscient de son impuissance.

– Je vous remercie, Mr Lestrade, dit-il en poussant les coupures vers l'inspecteur. Je crois que vous devez garder ça. Vous savez, si j'étais un brigadier retenu prisonnier dans ce bureau par un travail d'écritures assommant, je ferais tout au monde pour résoudre cette unique affaire, la seule enquête importante qui pourrait me valoir une promotion.

Sur ce, il me fit signe de le suivre.

En refermant la porte je vis Lestrade, tout hérissé d'indignation, qui prenait les coupures et commençait à les lire.

Deux semaines avant Noël, nous passâmes l'examen trimestriel. J'étais assez confiant. Mon transfert d'une autre pension à Old Broms aurait aisément pu être désavantageux mais il eut l'effet contraire. Mon nouveau programme avait un trimestre de retard sur celui que j'avais dû abandonner. Je voulais réussir. De bonnes notes à Brompton m'ouvriraient les portes de l'université, ce qui était capital pour mes études médicales. Holmes, de son côté, était indifférent aux examens bien que tout le monde s'attendît à ce qu'il les passât bien; ses notes étaient les meilleures du collège. Il méprisait aussi les méthodes d'examen. Le succès aux examens, affirmait-il, n'était pas une preuve d'intelligence. Autant demander à un maçon de fabriquer des briques. L'intelligence, c'était l'art de construire un mur avec ces briques. Néanmoins, il était obligé d'en passer par là.

Il était interdit de parler pendant les épreuves. Holmes était à un pupitre entre le mien et celui de Dudley. Snelgrove distribua les copies. L'examen était commencé quand je vis Dudley laisser tomber par terre un document. Holmes l'avait vu aussi. Il le ramassa et il s'apprêtait à le rendre à Dudley lorsque Snelgrove l'aperçut.

– Qu'est-ce que vous faites, Holmes ?

– Dudley a laissé tomber ça, monsieur, expliqua Holmes. J'allais le lui rendre.

– Ça ne m'appartient pas, protesta Dudley.

– Mais vous l'avez laissé tomber !

Dudley examina le papier.

– Ce n'est pas mon écriture.

Holmes regarda le document de plus près. Ce fut un choc. L'écriture était une excellente imitation de la sienne. Mais il n'eut pas le temps d'élever d'objections car Snelgrove s'en empara et le lut.

– Eh bien, Holmes, dit le maître avec une indiscutable satisfaction, il semble que nous ayons finalement découvert le secret de votre brillante réussite. Il y a là les réponses aux questions de l'examen.

Dudley était l'image même de l'innocence. Snelgrove empocha le papier et saisit Holmes au collet.

– Vous allez venir avec moi !

Complètement dérouté, Holmes fut traîné hors de la salle. Dudley savourait son triomphe. Il était inutile de chercher à défendre Holmes. Snelgrove le tenait en son pouvoir, ce qu'il souhaitait depuis le déploiement de pyrotechnie au cours de chimie.

« Honnêteté, Probité, Diligence », telle était la devise du collège et Holmes en avait transgressé chaque principe. Du moins ce fut ce que décidèrent les autorités quand elles se réunirent pour discuter de son avenir. Dans la pièce aux boiseries sombres, la devise, en lettres d'or, trônait au-dessus de la cheminée dans un cadre de bois précieux, en latin bien entendu. Pour un garçon qui avait défié ses valeurs d'une manière aussi flagrante, il n'y avait pas d'avenir à Brompton. Seul Rathe défendit Holmes, en rappelant vertement à la docte assemblée que ce jeune homme était un élève remarquable, d'un niveau d'intelligence rare pour un garçon de son âge. Mais les autorités ne se laissèrent pas fléchir. Bien au contraire, fit observer Snelgrove, les brillants carnets trimestriels de Holmes et ses excellentes notes suggéraient qu'il trichait depuis son entrée au collège. Plus Rathe parlait des succès de Holmes, plus les visages parcheminés exprimaient la certitude qu'il était coupable et devait être renvoyé. Ce fut ce qu'ils décidèrent. Tout cela fut rapporté à Holmes par Rathe. Holmes me dit plus tard que le maître d'escrime était tellement furieux de cette injustice qu'il avait proposé de lui écrire une lettre de recommandation pour n'importe lequel des collèges où il voudrait s'inscrire. « Y a-t-il autre chose que je puisse faire ? » avait demandé Rathe en conclusion et Holmes avait répondu en demandant un dernier duel amical avec l'instructeur. Rathe accepta de bon cœur et moi seul, j'eus le privilège d'assister à la rencontre dans un gymnase désert.

J'eus l'impression de contempler des danseurs, tant était gracieux l'effet de ballet de leurs feintes et de leurs parades. Ni l'un ni l'autre ne portait de masque ni de plastron protecteur; l'assaut avait été organisé à la hâte. Ils avaient tous deux confiance, manifestement, en leur maîtrise. Mais il se produisit un malheureux incident. Une bague que portait Rathe, gravée d'un emblème, étincela et éblouit Holmes. Au moment où le fleuret de Rathe allait le toucher, Holmes se figea, apparemment hypnotisé. Rathe essaya de dévier le coup. Ce faisant, la main portant la bague effleura la joue de Holmes et les bords aigus le coupèrent profondément.

– Ce n'est rien, dit Holmes qui pourtant saignait abondamment. J'ai perdu ma concentration.

– C'était la bague, dit Rathe. J'aurais dû l'enlever. Son scintillement m'a donné un avantage injuste. La victoire est à vous.

– Disons que c'est un match nul.

Ils se serrèrent la main.

– Je ne vous oublierai jamais, monsieur, dit tristement Holmes. Je n'aurais pu souhaiter de meilleur maître.

– Ni moi de meilleur élève. Et je suis sûr que nos fleurets se croiseront de nouveau.

Rathe et Mrs Dribb accompagnèrent Holmes à l'infirmerie. Avec un soin maternel, elle nettoya la coupure et y appliqua un petit pansement. Cette brave femme avait évidemment de l'affection pour ses garçons. Son travail fini, elle le prit dans ses bras et l'embrassa.

– Vous allez nous manquer à tous, Mr Holmes.

Il fut reconnaissant. Il s'était fait une autre amie et il s'inclina devant elle.

Holmes allait manquer aussi à quelqu'un d'autre, naturellement. Ce soir-là, Élisabeth le retrouva dans la cour. Le lendemain, Holmes me confia qu'au cours de leur rencontre, il avait compris combien il aimait Élisabeth. Elle l'avait également assuré de son amour. Ils étaient très jeunes, tous les deux, mais ne doutaient pas que leur amour fût unique et éternel. Ils se l'étaient déclaré. Il arrive souvent, bien sûr, qu'un premier amour soit le plus vrai de tous. C'est parfois le seul que nous connaissions vraiment.

Pour ma part, j'étais résolu à venger Holmes. Je voulais flanquer une bonne volée à Dudley mais il était plus fort que moi. Je me jurai de prendre des leçons de boxe.

Holmes voyait que j'étais bouleversé.

– Allons, Watson, ne soyez pas sentimental, me conseilla-t-il. La vengeance est plus douce quand elle est servie avec un sourire.

Je n'allais comprendre les implications que plus tard. Nous traversions le hall central, en transportant la valise et l'étui à violon de Holmes, quand Dudley se précipita vers nous en hurlant. Il avait les cheveux d'un blanc de neige !

– C'est vous qui m'avez fait ça, Holmes, monstre ! glapit-il.

– Ils repousseront bruns, mon vieux, répliqua mon compagnon. L'été prochain, vous serez redevenu normal.

Je me souvins alors que Holmes avait souri et parlé aimablement à Dudley, au petit déjeuner. Il lui avait même donné sa ration de sucre. Je compris que ce prétendu sucre devait être un produit chimique, qui avait décoloré les cheveux de Dudley.

Une fois dehors, nous posâmes les bagages et attendîmes un fiacre. Holmes allait habiter chez son frère Mycroft.

– Eh bien, alors, adieu, dis-je en lui serrant la main.

Mon camarade était sur le point de répondre quand nous fûmes tous deux surpris par le bruit strident d'un sifflet de police.

Non loin de là, une foule s'amassait devant un magasin de curiosités. Ce qui l'attirait ressemblait à un mort. Nous y courûmes. Je suivis Holmes quand il se fraya un passage parmi les curieux et, ce faisant, je me heurtai à quelqu'un qui cherchait à partir. La collision produisit un tintement comme celui que j'avais entendu dans la bibliothèque, mais étouffé par la cape noire que portait l'individu. L'homme laissa alors tomber un objet. Je le ramassai. C'était une sarbacane d'ivoire, finement sculptée.

– Monsieur ! m'écriai-je pour la rendre, mais l'homme avait fui.

– Venez, Watson !

Holmes s'impatientait. Il m'arracha la sarbacane de la main. Nous étions maintenant au cœur de la foule. Sur le trottoir glacé, un corps était enveloppé d'épais vêtements. Avec horreur, je reconnus Waxflatter... avec un couteau planté dans la poitrine !

– Il est devenu fou, expliquait le commerçant. Il a simplement saisi un couteau et il s'est poignardé.

Holmes se pencha sur le professeur agonisant qui, dans un souffle, essayait de lui dire quelque chose. On discernait à peine les mots. *Eh Tar*, me sembla-t-il.

– *Eh Tar*, Holmes, répéta-t-il et il s'affaissa.

– Oh non ! gémit Holmes, mais il n'y avait plus rien à faire.

Rupert T. Waxflatter était mort.

– Qu'est-ce que vous fichez là ? cria Lestrade en empoignant Holmes au collet.

Dans sa détresse, Holmes essaya de raisonner.

– Mr Lestrade, ceci a un rapport avec les affaires dont nous avons parlé. Je vous en prie, écoutez-moi.

Lestrade se tourna vers un constable.

– Emmenez ces deux gamins.

Le constable entreprit de nous entraîner de force.

– Allez, filez, ouste, gronda-t-il. Retournez à l'école. Ce n'est pas un spectacle pour de jeunes yeux.

Au cours de notre longue et honorable amitié, je devais voir Holmes exprimer un profond chagrin en deux occasions seulement. Celle-ci fut la première.

5

Après l'enterrement de Waxflatter, je montai voir Élisabeth au grenier. Il faisait ce soir-là un froid aigu. Les fenêtres encadraient le tableau gelé de Londres. Je la trouvai blottie près d'un feu mourant, à la faible lumière d'une lampe à pétrole, enveloppée dans une couverture, l'image même de l'accablement. Je ne savais comment la consoler. La malheureuse avait perdu son tuteur et, à cause du renvoi de Holmes, le seul être qui pût sincèrement partager sa peine. Même le chien Uncas partageait le chagrin de sa maîtresse car lorsque je lui offris une tartelette à la confiture, clandestinement rapportée du réfectoire, il ne s'y intéressa pas. Je la mangeai moi-même pour remonter mon moral alors au plus bas.

Je tentai d'engager la conversation. Resterait-elle dans le grenier du professeur ? Elle répondit que les autorités du collège lui permettaient de rester jusqu'à la fin du trimestre, ce qui était un préavis assez court à mon avis.

– Après ça, je ne sais pas où j'irai, me confia-t-elle.

Je savais qu'elle n'avait pas de famille en Amérique. À Londres, le collège, le professeur un peu fou et Holmes avaient représenté pour elle une sorte de famille. Je remarquai qu'elle avait à la main la vieille casquette du professeur, à calotte basse et longue visière de tweed. Dans le Nord de l'Angleterre, j'avais vu des chasseurs en porter de semblables, pour aller à la chasse au cerf. Élisabeth, visiblement, ne voulait pas se séparer de ce souvenir de son regretté tuteur.

– J'aimerais que Holmes soit là, murmura-t-elle d'une voix mouillée de larmes. Mon oncle l'aimait beaucoup.

Je lui tamponnai les yeux avec mon mouchoir mais cela ne fit que déclencher un nouveau flot de larmes.

– Vous comprenez, Watson, je ne peux pas croire que mon oncle se soit suicidé.

– Voyons, le professeur était très âgé, dis-je pour tenter de la consoler. Sa raison a pu basculer tout à coup. Ce sont des choses qui arrivent aux vieillards.

Aussitôt, elle prit vivement sa défense.

– Mon oncle avait l'esprit plus vif que la plupart des hommes d'âge moyen ! Il était excentrique, je le reconnais, mais pas déséquilibré. Non, Watson, il ne s'est pas suicidé.

– Alors que s'est-il passé ?

– Il a été assassiné, répliqua une voix familière.

Nous nous retournâmes. Holmes était là, arrivé par une verrière avec l'agilité d'un singe. Élisabeth le serra tendrement dans ses bras. Uncas se précipita, courut en rond et vint exiger la tartelette qu'il avait dédaignée.

Heureusement, j'en avais une autre. Holmes enlaçait toujours Élisabeth.

– Le veinard ! dis-je à Uncas.

Quand nous fûmes tous installés, je jugeai que mon meilleur rôle, face à Holmes, était de jouer l'avocat du diable.

– Allons donc, Holmes ! Vous avez entendu ce que disait le commerçant. Vous avez vu le couteau. Il est évident que c'est un suicide.

– Ne vous fiez jamais à l'évidence, répliqua-t-il. Et n'oubliez pas qu'il y a déjà eu deux autres prétendus suicides. Le professeur les connaissait. Cela le tourmentait.

– Précisément, dis-je comme si cela confirmait mes dires.

Mais Holmes marchait maintenant de long en large, en se concentrant. Sa méthode d'investigation, m'expliqua-t-il bien plus tard, était d'éliminer l'impossible. Ce qui restait, quelle que fût son improbabilité apparente, était la clef de la vérité. Quel fantastique criminel il aurait pu être !

– Mon oncle, dit Élisabeth, lisait tous les jours les journaux. Parfois il découpait un article. Il avait certainement lu ceux sur la mort de Mr Bobster et du révérend Nesbit. Et puis il a reçu cette visite, de ce vieux monsieur bizarre. Vous vous souvenez ?

– Ce vieux monsieur était à l'enterrement, dit Holmes, révélant qu'il y avait été aussi.

Le collège ne l'avait pas invité mais, résolu à rendre un dernier hommage à son vieux mentor, il s'était caché derrière un arbre. De ce poste d'observation, il avait aperçu l'autre personne qui n'avait pas été invitée. Il avait voulu poursuivre cet homme mais l'avait perdu dans les fourrés épais derrière l'église. Il était certain que c'était celui qui était venu au grenier.

– Il a un rapport quelconque avec les trois meurtres, déclara Holmes, et je vais le retrouver. Si vous êtes d'accord, Élisabeth, je ferai du grenier mon quartier général. Mon frère Mycroft n'est pas en mesure de me loger pour le moment. Quant à moi, je préfère de beaucoup vivre ici et travailler sur l'affaire. Le collège n'a pas besoin de le savoir. Ce sera un secret entre nous trois. Nous sommes associés. Personne ne me verra. Watson m'apportera des provisions et ce sera mon assistant.

Je trouvai cela bien cavalier. Si Holmes était pris, ce qui était fort possible, je serais accusé de complicité. Cela risquerait d'aboutir à ma propre expulsion et briserait mes espoirs de carrière médicale. Mais cette idée enchantait Élisabeth.

– Je ne peux pas compromettre ma position, dis-je.

Cela me parut pompeux et Holmes me toisa avec mépris. Pour le consoler, Élisabeth lui donna la casquette de chasseur de cerf de son oncle. Elle le fit paraître beaucoup plus vieux, ou peut-être ma mémoire me joue-t-elle des tours. Peut-être, en écrivant ceci, suis-je en train de penser au Holmes de l'âge mûr. Quoi qu'il en soit, elle le rasséréna indiscutablement.

Élisabeth me consacra alors son attention et fixa sur moi ses admirables yeux bleu-vert. Je capitulai.

– D'accord, je le ferai.

Je fus remercié par un sourire de grande sœur. Holmes retourna immédiatement à son sujet.

– Nous avons certains indices. Par exemple, les derniers mots de Waxflatter. Vous vous rappelez ce qu'il a chuchoté ? Deux mots, *Eh Tar*.

– Le délire d'un agonisant.

Il ne fit aucune attention à cette réflexion mais brandit la sarbacane.

– Est-ce que vous avez un souvenir de l'homme qui a laissé tomber ceci, Watson ?

– Ma foi, bien peu de chose, sinon qu'il était

très pressé. Un grand type, fort, qui avait hâte de se dégager de cette foule.

– Précisément ! C'était la seule personne qui tenait à s'éloigner.

– Et il tintait, aussi, Vous avez sûrement remarqué. Quelque chose qu'il avait sur lui tintait. Un bruit aigu. Distinctif. Je l'avais déjà entendu une fois, je suis sûr de vous l'avoir dit.

– Où ? demanda Holmes avec irritation. Où l'aviez-vous déjà entendu, Watson ?

– Dans la bibliothèque, quand je suis tombé.

– Où êtes-vous tombé, exactement ?

– Sur le plancher de la bibliothèque, bien entendu.

– Non, je veux dire quelle *partie* de la bibliothèque ? Dans la section de sociologie, d'histoire ? Où ? C'est important, Watson !

Je répondis que je lui montrerais dans la matinée.

– Il le faut ! Demain, une fois que nous aurons relevé la trace du possesseur de la sarbacane, nous retournerons à la bibliothèque.

Nos recherches sur les origines de l'objet nous entraînèrent le lendemain dans une partie insalubre de St.Giles, dans ce secteur de Londres qui était en train d'être démoli pour faire place aux futures grandes artères de Shaftesbury Avenue et de Charing Cross Road. Les terrassiers avaient pratiquement détruit le vieux quartier et il n'en restait que quelques coins pittoresques. Dans l'un d'eux, il y avait un magasin appartenant à un certain Ethan Engel.

Ce fut, incidemment, dans ce bric-à-brac de bizarreries que j'achetai la pipe qui allait rendre plus tard Sherlock Holmes si célèbre. D'ailleurs, lorsque, quelques années plus tard, Alfred Dunhill, le spécialiste de la pipe, ouvrit son magasin dans le Strand, des voyageurs américains lui demandaient parfois une « Sherlock Holmes ». Encore aujourd'hui, Dunhill s'entend demander cette pipe par des clients, tellement Holmes a fini par s'identifier avec ce modèle particulier, au tuyau recourbé et à l'énorme fourneau d'écume. On peut voir l'original sur les rares photos du grand homme.

Mais naturellement ce ne fut pas cette mission qui nous conduisit chez Engel, en ce jour de décembre 1870. Holmes espérait que le brocanteur serait capable de jeter quelque lumière sur la sarbacane qu'avait perdue le mystérieux inconnu.

– C'est égyptien, déclara Engel en examinant l'objet à travers d'épaisses lunettes d'horloger. De l'artisanat égyptien. Le relief de l'ivoire représente Anubis, le dieu des morts.

Je frémis. Holmes était enchanté.

– Avez-vous déjà vu une chose semblable ?

Mais l'expert ne voulait pas se laisser bousculer.

– Le travail est superbe. Très bien conservé. (Les yeux globuleux derrière les gros verres exprimaient nettement la convoitise.) Je n'ai vu qu'une seule fois une sarbacane comme celle-ci. Elle figurait parmi une collection d'antiquités égyptiennes que j'ai vendue à un client. Un tavernier. Voyons un peu... Comment s'appelait-il ?

Holmes était sur des charbons ardents.

– Où puis-je le trouver ?

Engel consulta son registre, le feuilleta, manqua une page, revint en arrière. Il n'était pas d'humeur à se dépêcher.

– Vous alliez acheter quelque chose, je suppose ?

Il regardait Holmes. C'était une condition. Si

nous faisions un achat, Holmes aurait son renseignement.

– Achetez quelque chose, Watson, me chuchota-t-il, et je répondis que j'étais à court. Allons, Watson, ce n'est pas le moment d'être grigou. Je vous en prie, faites un achat. Ça pourrait nous conduire à l'assassin.

Ce fut alors que je vis la pipe.

– Pourquoi diable avez-vous acheté cette pipe ? me demanda Holmes une fois dans la rue. Vous avez l'air ridicule.

C'était incommode, en tout cas. Elle était si lourde que lorsque le tuyau était entre mes dents, je devais soutenir le fourneau de la main.

– C'est distingué, répliquai-je, et j'apprendrai à la fumer.

Mais pour être tout à fait franc, la chose me faisait horreur alors que, visiblement, Holmes l'enviait. Il voulait cette pipe. Telles sont les petites mesquineries de la jeunesse : j'étais bien décidé à ce qu'il ne l'ait pas ! Mais au moins mon achat avait fourni à Holmes le renseignement qu'il attendait. Engel avait écrit sur un bout de papier le nom de Khasek et une adresse dans l'East End.

Nous estimâmes qu'il vaudrait mieux que notre visite à la Lower Nile Tavern, à Wapping, attende la nuit tombée. Il y avait à cela deux raisons principales. D'abord, comme Holmes me l'expliqua, ce genre d'établissement avait une clientèle de noctambules. Il n'ajouta rien de plus mais je m'imaginai un restaurant sur le fleuve où les privilégiés de la fortune, des quartiers plus élégants de Londres, trouvaient amusant de dîner, d'y goûter une excellente cuisine nord-africaine; personnellement, je n'ai guère de goût pour les plats épicés. Holmes me détrompa mais resta par ailleurs bouche cousue.

L'autre raison de cette attente jusqu'au soir, c'était la nécessité de faire sortir Holmes du collège sans être vu. Nous pensions que le meilleur moment serait celui où tout le monde était rassemblé au réfectoire. Holmes, entre parenthèses, était insensible au fait que nous nous passerions de dîner. Tout de même, guettant toujours des occasions de m'occuper, il me dit qu'entre notre retour au collège et notre départ pour Wapping, je devrais lui procurer les provisions dont il avait besoin pour se sustenter au grenier.

On pourrait supposer que c'était relativement simple, un saut au magasin du coin pour une banane et des petits pains. Jamais de la vie ! J'allais faire connaissance pour la première fois avec les goûts épicuriens, pour ne pas dire exotiques de Holmes. Comment diable, protestai-je quand il me donna une liste, allais-je trouver, à cette heure, des noix au vinaigre ? Ou du souchong de Lapsang, de l'eau de Vichy, des graines de tournesol et des racines de haricots Mung ? Sans aucun doute, Londres était une ville assez internationale pour en fournir. Mais il était quand même déraisonnable d'espérer que je coure en chercher à cette heure ! Élisabeth compatit. Holmes se contenta finalement de pain, de bacon et d'une livre de cheddar.

Mais il ne suffisait pas de procurer des vivres. Holmes exigea toutes sortes de choses : du papier de tournesol, de la craie, de l'encre invisible, une boussole et, pour une raison que je ne connus jamais, un sac de boules de naphtaline ! J'étais absolument exaspéré. De plus, quand je lui fis observer que je ne pourrais obtenir cela que clandestinement, de divers départements du collège, et qu'il me demandait en fait de voler, il ne fit qu'en rire. Il marmonna que c'était pour la bonne cause, pour celle de la justice; il m'ordonna d'être « un bon petit soldat », une expression que je n'ai jamais appréciée, même après une carrière de médecin militaire.

Ensuite il y eut un débat, pour savoir si nous devions nous déguiser pour aller à la taverne. Je savais qu'il avait un grand talent, dans l'art du maquillage et du déguisement, mais, franchement, cela ne me disait rien de me promener en travesti dans les rues de Londres. Je résistai énergiquement. Nous devions y aller tels que nous étions parce que, dis-je, j'étais certain que ce Khasek, quel qu'il soit, recevrait plus aimablement deux collégiens anglais. De mauvaise grâce, Holmes céda mais resta bougon.

Ainsi donc, au crépuscule, nous partîmes pour Wapping. Plutôt que de héler un fiacre, dont le prix serait sûrement très élevé, nous prîmes le chemin de fer. Je me souvenais que le terminus de West Brompton avait été ouvert cette année seulement. Naturellement, à cette époque, les trains étaient tirés par des locomotives trapues (l'électrification ne se ferait que vers la fin de cette décennie) et leur vapeur empoisonnait un air déjà malsain. Il était particulièrement nocif ce soir-là car un brouillard épais était tombé. La locomotive plongeait dans des lambeaux de brume jaune, le long d'une voie passant entre des immeubles vétustes, en direction de Blackfriars. La ligne se terminait là et Holmes proposa de faire le reste du chemin à pied.

Après que nous eûmes traversé le pont de Blackfriars (achevé l'année précédente), il aperçut un omnibus allant dans notre direction et, à mon grand soulagement, nous y montâmes. Nous étions déjà dans un quartier où je n'aurais pas aimé m'aventurer à pied. Les becs de gaz n'étaient que des halos dans l'obscurité; des ivrognes sortaient en titubant de bars bruyants. Des enfants aux yeux tristes regardaient par les fenêtres de sombres taudis. Mais quand nous arrivâmes à Aldgate, l'omnibus ne voulut pas nous transporter plus loin. La chaussée couverte de neige tassée devenait trop dangereuse; le cocher craignait pour ses chevaux. Nous n'eûmes donc pas d'autre choix que de débarquer et marcher à tâtons dans le brouillard.

Dans les petites rues de l'East End, le seul éclairage venait des chandelles vacillant dans les maisons serrées les unes contre les autres. Le brouillard nous cachait les dangers qui pouvaient nous guetter. De temps en temps, une corne de brume sur le fleuve nous rappelait que le monde existait au-delà de ces ruelles et qu'il était à portée de la main. Ce fut dans ce dédale descendant vers la Tamise que Holmes chercha des noms de rues. Enfin, par chance plus que par jugement, il trouva celle qu'il nous fallait : Saragosa Street.

Au bas de quelques marches, c'était la Lower Nile Tavern. Une lourde porte de bois avec un judas grillagé annonçait sa répugnance à accueillir des inconnus. Je crois que Holmes lui-même était mal à l'aise, en tirant une chaîne de métal qui fit retentir une cloche à l'intérieur. Nous entendions de la musique orientale, une voix aiguë chantant avec accompagnement d'ocarinas stridents et de tambourins. Quand le judas s'ouvrit, deux yeux soupçonneux nous regardèrent puis ils s'arrondirent de stupeur en voyant deux collégiens à la porte.

– Bonsoir, dit vaillamment Holmes, et je parvins à arborer un sourire engageant.

– Qu'est-ce que vous voulez ? Des femmes ?

Je crus voir Holmes cligner de l'œil comme pour acquiescer, ce qui ne contribua pas à me calmer.

– Nous aimerions parler au patron.

Le judas se ferma, la porte s'ouvrit et on nous laissa entrer.

– Êtes-vous Khasek ? demanda Holmes.

Le portier ne répondit pas. Il nous conduisit dans une salle enfumée vers un bar pauvrement éclairé. Des hommes de nombreuses nationalités, des hybrides de bien d'autres occupaient les tables. Ils jouaient aux dés, aux cartes, ils buvaient de l'anis en fumant un tabac âcre. Sur une estrade de fortune, une danseuse du ventre s'attirait des rires et des quolibets. Il y avait tant d'Arabes, de Turcs et d'Arméniens qu'on se serait cru dans la casbah. Je gardai mes mains dans mes poches et espérai que Holmes n'en aurait pas pour longtemps.

– Je peux vous servir à boire ?

L'offre était faite par un grand bonhomme en turban crasseux, mal rasé, aux yeux chafouins.

– Vous avez de la soupe ? hasardai-je, et je compris aussitôt mon erreur.

– Watson, je vous en prie, me jeta Holmes, et il regarda le patron comme s'il s'excusait.

Sachant ce que je sais aujourd'hui, je reconnaîtrais ses origines, celles d'un Wazir ou d'un Affridi, ou toute autre tribu du Pathan. Plus tard, j'allais avoir souvent affaire avec eux, de part et d'autre de la frontière nord-ouest de l'Inde; c'était un peuple guerrier, très courageux. Mais à mon œil jeune et inexpérimenté, il était simplement effrayant, bien qu'assez aimable.

– Je suis Khasek, dit-il.

Holmes alla droit au but :

– Vous êtes le propriétaire de cet établissement ?

Cela me parut un excès de zèle. Ces mots mirent Khasek sur ses gardes. Il hocha la tête, d'un air méfiant. Holmes lui montra la sarbacane.

– Avez-vous déjà vu ceci ?

Ce qui se passa alors fut bien la dernière chose à laquelle je m'attendais. Cet homme massif, terrifiant, blêmit de peur ! Il fit rapidement trois pas à reculons, les yeux fixés sur la sarbacane, et poussa un cri terrible

– *Rame Tep ! Rame Tep !*

Ce hurlement fit un tel effet que tout le monde se tut. Tous les yeux étaient tournés vers Holmes et moi. Khasek se ressaisit un peu mais à présent son attitude était nettement hostile. Regardant avec stupeur la sarbacane, il demanda d'où elle venait.

– Je l'ai trouvée, répondit Holmes mais il commençait, lui aussi, à être inquiet.

– Sortez d'ici ! rugit le Pathan. Partez ! Emportez ça !

– Mais monsieur, dit Holmes, il est important que vous nous disiez tout ce que vous savez sur cet objet.

Khasek le foudroya du regard. Il appela dans sa langue plusieurs Égyptiens qui se levèrent d'un bond de leurs tables et vinrent vers nous armés de couteaux.

– Allez-vous-en de chez moi ! ordonna Khasek. Sans ça ces mots seront les derniers que vous entendrez.

Malgré tout, Holmes insista :

– Monsieur, serait-il possible...

Mais Khasek avait maintenant un fusil de chasse et le menaçait.

– Nous partons, dit Holmes. Nous partons tout de suite.

Et nous prîmes la fuite.

Une fois dehors, nous nous arrêtâmes.

– Il paraissait tout à fait décidé à ne pas poursuivre la conversation, Holmes, dis-je, et nous éclatâmes de rire tous les deux à l'énormité de ma litote.

Il était près de minuit. Le brouillard tournoyait lourdement. Mais à côté de l'atmosphère de la taverne, il nous semblait sublime. Nous partîmes pour une longue marche jusqu'à West Brompton.

6

J'ai déjà laissé entendre, dans cet écrit et d'autres, qu'il y avait des moments où j'étais las de Sherlock Holmes. Durant les années de Baker Street, l'indifférence du grand homme aux besoins des autres, quand il cherchait une solution à un problème, mettait à rude épreuve la profonde estime que je lui portais. Combien les divergences d'opinion éclataient plus vivement au temps de notre adolescence ! Un exemple de ces affrontements se produisit la nuit de notre retour après notre expédition à la Lower Nile Tavern.

Nous étions arrivés dans le quadrilatère, après être passés devant un portier endormi dans sa loge de l'entrée près de son feu, quand Holmes proposa d'aller à la bibliothèque. Je fus à la fois atterré et indigné. Il était deux heures du matin. Dans moins de cinq heures, la cloche appellerait tout le monde à la prière du matin, tout le monde sauf Holmes qui ne devait pas être au collège. Je protestai et lui répliquai que le plus sage pour lui était de rentrer au grenier où, sans nul doute, Élisabeth l'attendait anxieusement, et pour moi d'aller au dortoir me coucher. J'avais déjà négligé mes leçons; si je ne dormais pas au moins un peu, je serais incapable de rattraper cette journée perdue. De plus, nous hasarder à de nouvelles expéditions nocturnes serait tenter le diable; nous serions fatalement pris et je serais renvoyé à mon tour.

Holmes insista. Il voulait voir l'endroit exact d'où le tintement était venu. Cela lui indiquerait pourquoi l'intrus s'était trouvé dans la bibliothèque ce jour-là, une raison qu'il croyait en rapport avec les cris alarmés de Khasek, *Rame Tep*, et les derniers mots de Waxflatter, *Eh Tar*. Je trouvais cela plutôt tiré par les cheveux. Et j'étais muet de fatigue. Pourtant, durant la dure marche depuis Wapping, c'était Holmes qui s'était plaint. Mais à présent, il était complètement remis et aussi énervé qu'un lutin. Mes objections l'exaspérèrent. Ce fut donc plus par épuisement que par confiance dans son projet que je capitulai. Dans le silence de la nuit, nous nous dirigeâmes vers la bibliothèque.

L'espoir que j'avais pu nourrir de la trouver fermée à clef et impénétrable fut brisé quand Holmes, qui avait invariablement sur lui les objets les plus hétéroclites, tira de sa poche un passe-partout. Il avait aussi des allumettes suédoises qui nous permirent d'allumer la lampe à pétrole posée sur la table du bibliothécaire. Ainsi équipés, nous avançâmes entre les rayonnages aussi furtivement que des panthères.

Inévitablement, Holmes s'impatienta et s'irrita quand je ne pus tout de suite désigner l'endroit exact où j'étais tombé. Puis je me rappelai Hérodote. Si je retrouvais l'étagère où figurait l'historien grec, alors le côté opposé serait celui d'où était venu le tintement. Heureusement, je retrouvai l'endroit. Avidement, Holmes grimpa sur l'escabeau de l'autre côté et fut satisfait d'y découvrir la section *E-H*. Ses mains se posèrent sur un ouvrage d'égyptologie. J'attendis, au pied de l'escabeau, qu'il descende, mais il me fit signe de hausser la lampe pour qu'il puisse prendre des notes dans le volume qu'il tenait.

– Je vous en prie, Holmes, implorai-je, écrivez aussi vite que possible.

Chaque minute valait une heure, chaque craquement du vieux bâtiment était comme une menace de découverte. Mais Holmes était bien trop exalté pour s'occuper de mes craintes.

– Incroyable ! s'exclama-t-il.

– Holmes ! Baissez la voix !

– Oui, oui, bien sûr. Excusez-moi, Watson, marmonna-t-il, mais cela ne dura pas. Ah, mon Dieu ! Ahurissant ! s'écria-t-il en réagissant à quelque nouvelle révélation, et son cri se répercuta dans la salle déserte.

Au pied de l'escabeau, comme un phare de Bartholdi, je sentais monter mon ressentiment contre Holmes pour les risques qu'il prenait.

– Dépêchez-vous, Holmes, suppliai-je en cherchant un bonbon acidulé dans ma poche. S'il vous plaît !

Mais l'imperturbable chercheur ne faisait pas la moindre attention à moi. Et je dus attendre une heure, avant qu'il se juge suffisamment éclairé par ses découvertes pour me permettre de partir. Lorsque, enfin, j'arrivai au dortoir et à mon oreiller, mon sommeil fut précaire car dans relativement peu de temps j'allais être réveillé par la cloche.

Toute la journée, j'assistai aux cours comme un somnambule, en me consolant un peu à l'idée que j'avais déjà couvert tout ce terrain. Grâce à la supériorité de l'enseignement dans ma précédente pension, je n'étais pas en retard. Au contraire, les autres devaient me rattraper. Néanmoins, au dîner, la fatigue m'avait fait perdre une partie de mon appétit. Je me jurai de ne pas monter ce soir-là au grenier de Waxflatter, promesse que je ne tins pas.

Je changeai d'idée pour deux raisons. Malgré ses exigences, Holmes était mon ami et intellectuellement supérieur, de loin, à la majorité des élèves d'Old Broms, dont les sujets d'intérêt limités et les mesquineries commençaient à m'être insupportables. Holmes était immanquablement stimulant et j'avais tout lieu de croire qu'il me respectait. Je pouvais fermer les yeux sur l'usage qu'il faisait de mon bon caractère; il avait besoin de moi, comme d'une chambre d'écho pour ses hypothèses, et je considérais cela comme un compliment. Et puis, naturellement, il y avait Élisabeth, cette extraordinaire jeune fille dont la faculté de m'englober dans l'aura de son amour pour Holmes m'allait droit au cœur. Et puis il y avait une autre raison à ma visite au grenier ce soir-là, la curiosité. Je devais savoir où se dirigeait l'enquête de Holmes. Et que signifiait *Rame Tep* ?

Holmes me fit un rapport sur ses recherches, qu'il avait poursuivies toute la journée dans le grenier. Élisabeth avait, paraît-il, découvert parmi les livres de son oncle quelques ouvrages sur le sujet, ce que Holmes considéra comme une simple coïncidence. Plus tard dans la vie, il nous arriva plus d'une fois de constater ce phénomène, comme si les livres avaient une volonté à eux. Si la recherche est intègre, les ouvrages traitant du sujet surgissent comme par magie. Ou peut-être est-ce à la portée de la volonté humaine d'attirer le savoir de cette façon. Je puis seulement dire qu'assez souvent le hasard (si hasard est le mot juste) a voulu que je trouve dans une corbeille de livres d'occasion ou sur une étagère de bibliothèque l'ouvrage dont j'avais un urgent besoin et que je n'espérais pas trouver. Peut-être est-ce arrivé à tout le monde. Mais, naturellement, ce n'est pas ici que je dois me livrer à des conjectures. Qu'il me suffise de dire que, dispersés dans le grenier, il y avait des ouvrages d'égyptologie.

Holmes était détendu et Uncas dormait aux pieds d'Élisabeth. Il était temps de passer en revue la situation. Holmes nous rappela qu'aucune civilisation n'avait, plus que l'ancienne Égypte, basé sa vie religieuse et sociale, toute sa culture en fait, sur le grand principe de l'immortalité. Sous les dynasties, le principal souci de l'Égyptien cultivé, durant toute sa vie, était la vie au-delà du tombeau. Ce tombeau et sa décoration étaient au premier plan de ses préoccupations. Ils absorbaient son esprit et une bonne partie de sa fortune. Sans cesse, il pensait au moment où son corps momifié serait porté dans une maison sur une colline, un foyer plus permanent que tous ceux qu'il avait connus de son vivant. Naturellement, nous n'avons que des connaissances fragmentaires de la doctrine de la résurrection et de la vie future chez les anciens Égyptiens. Leurs sages et leurs scribes jugeaient inutile d'en écrire les annales pour la postérité, puisqu'il existait déjà un ouvrage sacré expliquant tout ce qu'il était nécessaire de savoir : le texte religieux intitulé le *Livre des Morts*.

Écrits sur papyrus et déposés dans la tombe du mort, ses préceptes étaient éternels. Ils étaient fondés sur une expérience de plus de cinq mille ans et reflétaient les sublimes croyances et aspirations de la civilisation égyptienne. Ils révélaient aussi, sous forme d'amulettes, de charmes et de rites magiques, un grand respect des superstitions. De même le christianisme transposerait plus tard dans ses cérémonies quelques restes de rites d'origine païenne.

En fait, l'essence même du christianisme est peut-être issue de la croyance de l'ancienne Égypte en la résurrection. Elle tirait son origine de la nature, des inondations saisonnières du Nil qui rendaient fertile la terre aride et recréaient la vie. À son pivot, il y avait le rapport de Râ, le dieu du soleil, avec Osiris, le dieu des morts, rapport parallèle à celui du Christ avec le Dieu Tout-Puissant. Le principal fondement de toute religion est d'ailleurs la mort et la résurrection. Cela n'a rien de surprenant que la croyance ait pris naissance dans le delta du Nil, parce que le cycle de la nature y était plus évident.

Osiris, donc, était le dieu de la résurrection comme l'est devenu le Christ pour les chrétiens. Osiris était d'ascendance divine, fils de Râ. La mort lui fut infligée par les mains du Mal et, après une lutte avec ses forces, il ressuscita. Il semble logique, par conséquent, que ceux qui croyaient en lui fassent de même, à condition que les coutumes funèbres millénaires soient méticuleusement respectées.

Les morts égyptiens étaient momifiés, à l'imitation du corps momifié d'Osiris. Le processus de conservation était une science, comprenant des formules secrètes. On ne cessait d'améliorer les méthodes. Une hiérarchie se créa autour de cet art. Au sommet, il y avait une divinité, Anubis, le dieu de l'embaumement.

Même après avoir embrassé le christianisme, ils continuèrent d'embaumer leurs morts, mêlant leur culte du Christ à ceux d'Osiris et des dieux de l'antiquité. Les chrétiens, cependant, tout en prêchant la doctrine de la résurrection, affirmaient qu'il n'était pas besoin de momifier. Ils répétaient que c'était une coutume inutile. Les élus retrouveraient leur corps, intact, par la grâce de Dieu.

Je dois ouvrir ici une parenthèse. Plus tard au cours de notre vie, ni Holmes ni moi ne nous serions décrits comme des chrétiens pratiquants. Je ne l'ai jamais vu aller à la messe. Je crois raisonnable de dire que son esprit curieux et son abord scientifique de l'existence avaient annulé les enseignements d'une éducation que je croyais catholique. Mais j'étais tout aussi certain qu'il était un homme d'une grande spiritualité, plus mystique que clérical. Il avait sur ces sujets des points de vue éclectiques. Il choisissait dans chaque religion ce qui lui semblait pertinent à la recherche de l'ultime vérité. Cela s'étendait – le lecteur sera peut-être intéressé – aux phénomènes psychiques. Au cours d'une de ses enquêtes, il consulta un médium. Quant à moi, l'expérience médicale réduisait inexorablement ma faculté de respecter les dogmes les plus rigides et les moins plausibles de la religion établie. Cependant l'Angleterre victorienne, comme l'ancienne Égypte, présentait de nombreuses preuves de l'espoir de survie du corps. Il suffit de contempler les tombeaux des gens riches dans nos cimetières. Leur taille et leur opulence indiquent sûrement de telles aspirations. Mais revenons à mon récit...

L'habitude de momifier tomba progressivement en désuétude et le culte d'Osiris diminua. Mais il y avait une exception à ce courant évolutif. Vers 2500 av. J.-C., quand la Grande Pyramide était jeune, une secte se créa à Abydos, dans le sud de l'Égypte, qui pratiqua une sorte de déformation de la croyance à la survie. Elle était fondée par un prêtre rejeté par ses supérieurs, qui le jugeaient corrompu et décadent. Ils n'avaient pas tort : son culte était un avatar dépravé de l'ancienne foi. Son dieu était Anubis, le dieu de l'embaumement à tête de chacal.

Selon ce culte, les vivants devaient être périodiquement sacrifiés afin d'assurer la résurrection pour tous. Les victimes favorites de cette odieuse religion, en soi un culte de la fécondité, étaient les jeunes filles en pleine puberté. Ces victimes expiatoires étaient momifiées vivantes. Les autorités tentèrent de débarrasser la société de cette secte, qui avait pris de l'expansion et qui était universellement crainte, mais ne réussit qu'à la rendre clandestine. Elle devint une société secrète. Le fondateur s'appelait Rame Tep.

Holmes avait découvert que Rame Tep était un expert dans la fabrication de drogues à partir de plantes et de racines. Pour les innocents qu'ils entendaient momifier, il y avait un produit qui les plongeait en transe. Contre leurs ennemis, ils utilisaient une drogue qui provoquait des hallucinations. Quand elle pénétrait dans le sang, elle produisait des cauchemars si horribles et pourtant si réalistes que le malheureux ne pouvait distinguer l'illusion de la réalité. C'était une illustration de : « Les dieux rendent fous ceux qu'ils veulent perdre ».

Holmes révéla alors un détail remarquable. Il avait appris que Rame Tep employait une épine, pas plus grosse qu'une épingle, et une sarbacane pour injecter ses abominables poisons. Les fléchettes étaient faites d'échardes de bois de palmier et imprégnées de la drogue. Des tribus des jungles de l'Équateur se servent encore de sarbacanes et de traits pour tuer leur gibier au sommet des immenses arbres ceibas. La victime sent à peine le projectile pénétrer dans son corps, et, bien entendu, la distance préserve l'anonymat de l'agresseur.

– Mais Holmes, objectai-je, une hallucination n'est pas une arme de crime, quelque déplaisant que soit son effet. Ce n'est après tout qu'une abstraction. On ne peut pas tuer quelqu'un par le moyen d'une hallucination, voyons !

– Je crois qu'on le peut, Watson. Je crois que l'on peut ainsi provoquer la mort. Pensez à ce qui vous répugne : les serpents, ou les araignées, les chauves-souris ou les rats. Ils causent fréquemment des phobies. D'autres ont une peur anormale du feu ou de l'eau. Ces peurs, comme vous le savez, sont primitives. Eh bien, Watson, supposez que la fléchette vous inculque une terreur intolérable. Supposez que cette terreur devienne une réalité. Elle peut vous pousser à agir irrationnellement et même à vous donner la mort. Elle peut vous pousser à sauter par une fenêtre ou sous les sabots de chevaux au galop pour échapper à une aussi insupportable horreur. On peut littéralement mourir de peur, Watson.

– Vous voulez dire qu'on pourrait même se poignarder par panique pure, comme ce pauvre Waxflatter ? Mais pourquoi, Holmes, voudrait-on faire du mal à un type aussi épatant ? Et comment diable pouvez-vous établir un rapprochement avec Rame Tep, une secte religieuse fondée il y a cinq mille ans ? Voyons, Holmes, nous vivons au cœur de la civilisation et nous sommes au XIXe siècle !

Au fil des ans, je devais souvent voir l'expression qu'eut alors Holmes. Sa figure était un masque ironique et intimidant.

– Très bien, Watson. Vous devenez très bon détective. Vos questions sont de premier ordre. Malheureusement, on ne peut pas encore y répondre.

– Mais nous pouvons être certains d'une chose, intervint Élisabeth.

– De quoi donc ?

– L'assassin se trouve dans l'enceinte de ce collège.

– Une déclaration bien hardie, dit Holmes. Vous devez penser au léger bruit que Watson a entendu dans la bibliothèque ?

– Mais je l'ai entendu aussi, dans la cour, dit-elle. Uncas a couru après une silhouette, dans le noir. Un tintement était perceptible.

Holmes parut désarçonné.

– Bien sûr.

– Et Uncas a arraché un lambeau de cape. J'ai essayé de le lui prendre. Il est possible qu'il l'ait rapporté ici.

– Dieu de Dieu ! s'exclama Holmes. Qu'attendons-nous ? Nous devons fouiller tout ce grenier. Nous devons retrouver ce morceau d'étoffe.

Je ne sais si je suis unique en mon genre, et je ne le pense pas, mais une de mes occupations les moins appréciées est la recherche d'un objet égaré. J'ai toujours attribué de la volonté aux objets inanimés : ils font exprès de se cacher. Il suffit que je laisse tomber un bouton, ou une cuillère à œuf de la table du petit déjeuner, et pendant le court laps de temps qu'il lui faut pour arriver au sol, l'objet prend la décision de voyager, de se camoufler, et il ne se révélera que lorsqu'il le voudra bien. Il était donc fort peu probable, pensai-je, que nous trouvions ce bout de chiffon parmi l'incroyable bric-à-brac du professeur. Nous ne savions même pas s'il était là. Mais quels que soient les dieux veillant à ces formes de vie mineures, ils étaient avec nous ce soir-là. En moins d'une heure, pendant laquelle je découvris quatre souliers gauches (« Il n'y a qu'un soulier, Watson, expliqua Holmes, simplement Uncas vous rapporte sans cesse le même »), nous entendîmes Élisabeth s'écrier :

– Je l'ai trouvé !

À l'intérieur de la boîte à outils du vieux monsieur, retenu par une punaise.

Holmes, naturellement, fut ravi. C'était la première preuve tangible. Il la soumit aussitôt à un examen scientifique. Je dus par conséquent aller piller encore une fois les réserves, pour rapporter des produits chimiques. Par ailleurs, il devenait de plus en plus tatillon et exigeant pour ses besoins diététiques. Je dus courir tous les marchés pour chercher un certain crustacé que l'on ne trouvait, je le savais, qu'au moment où les marées d'équinoxe de Normandie le rejetaient sur la plage. Holmes le considérait comme de la nourriture pour le cerveau. (Heureusement, il se contenta de crevettes en conserve.) Il ne tarda pas à nous annoncer qu'il progressait : l'étoffe avait été traitée, à un moment donné, avec un alcool industriel, probablement pour nettoyer une tache. Il identifia cet alcool, un produit d'une société appelée *Frogit & Frogit*, qui avait des entrepôts à Shad Thames, sur la rive droite du fleuve. Il proposa que nous y allions tous les trois.

Je m'attendais à trouver des bâtiments animés comme une ruche. Les docks sont les artères de notre vaste Empire dont Londres est le cœur. Mais nous découvrîmes une grande baraque que la prospérité avait abandonnée. Des rats avaient pris possession des ruines, au fond d'un cul-de-sac. Des tonneaux portant le nom de la société s'étaient renversés, la machinerie était rouillée, çà et là une porte battait au vent glacial. Avec précaution, nous avançâmes sur un plancher menaçant de s'affaisser. Un rat grattait dans les détritus. Holmes aperçut alors quelque chose dans l'obscurité. Surgissant du plancher pourri, une espèce de pyramide se dressait à un mètre cinquante de haut. En nous approchant, nous vîmes qu'elle était en pierre. Son décor était plus curieux encore : des hiéroglyphes et d'antiques gravures égyptiennes représentant un rite primitif.

– C'est une statue, dis-je.

– Non, Watson, pas du tout.

– Qu'est-ce que c'est, alors ?

Élisabeth et moi attendîmes une explication, tandis que Holmes faisait le tour de la structure.

– Ce n'est que la pointe d'un iceberg, dit-il énigmatiquement.

J'étais sur le point de l'interroger encore quand nous entendîmes un fracas assourdissant. Le plancher cédait sous nos pieds. Holmes, Élisabeth et moi plongeâmes en rebondissant le long d'une pente au niveau inférieur. En nous époussetant des échardes et des débris de maçonnerie, nous regardâmes autour de nous et vîmes que nous étions à la base d'une pyramide beaucoup plus importante, dont nous n'avions vu que la pointe. Elle était haute d'une quinzaine de mètres. Nous la contournâmes. Dans une des façades, un escalier était construit, qui descendait en colimaçon vers un niveau plus bas encore. Dans une autre, il y avait une trappe. Nous y pénétrâmes et nous nous retrouvâmes dans un tunnel assez large pour que nous y passions à quatre pattes. À l'extrémité, il y avait des trous par lesquels brillait de la lumière.

– Allons-nous-en d'ici, dis-je, mais il n'y avait plus aucun moyen d'arrêter Holmes.

Comme des taupes, nous avançâmes vers la lumière. Ce que nous vîmes par les trous aurait pu passer pour quelque bizarre fantasmagorie théâtrale. Mais ce n'en était pas une. C'était diaboliquement réel.

–

7

Les paroisses de Shadwell, Wapping et Limehouse, au bord de la Tamise, sont bordées d'entrepôts qui, du fleuve, ont l'air aussi menaçants que des murs de prison. À l'époque dont je parle, quelque dix mille navires y déchargeaient chaque année les matières premières et les marchandises alimentant la plus grande ville du monde. Derrière ce rempart commercial, diverses agglomérations prospéraient, chacune avec ses coutumes, ses traditions et ses plaisirs importés d'une lointaine patrie.

Les Chinois s'étaient établis à Limehouse, le long d'East India Dock Road; les Irlandais à Spitalfields et Shadwell et les Lascars, les équipages indiens des vaisseaux britanniques, étaient partout, ainsi que les immigrés d'Arabie, d'Afrique, du Mozambique et des îles du Pacifique Sud.

Il y avait des mosquées, des temples et des synagogues, des fumeries d'opium. Dans les maisons de tolérance, les prostituées étaient françaises et italiennes. Certaines parties de l'East End étaient si dangereuses que la police renonçait à y patrouiller et fermait les yeux sur trop de corruption. Tout ce qu'il y avait de mystérieux, de secret et de sinistre dans la vie victorienne prospérait dans ce quartier des docks, commodément caché derrière l'écran de respectabilité à travers lequel la société se plaisait à se contempler. C'était le décor idéal pour dissimuler aux regards l'innommable rite auquel nous allions assister, et auquel cet entrepôt délabré fournissait un camouflage idéal.

Nous regardions par l'œil creux d'une idole qui semblait avoir une forme animale avec deux bras tronqués allongés au-dessous de nous dans un geste d'enlacement. À en juger par la taille de ces protubérances, qui avaient une texture de carapace évoquant un monstrueux crustacé, le dieu lui-même était énorme. Il se dressait manifestement au centre d'un autel, flanqué de part et d'autre par d'autres dieux, certains au tronc léonin et à la figure humaine, d'autres entièrement humains, avec un corps lisse et les traits de la jeunesse préservés dans la pierre pour l'éternité. Il y avait des sarcophages grossièrement gravés d'hiéroglyphes, de magnifiques tapisseries, des papyrus tendus sur des châssis de bois, qui tous proclamaient l'origine égyptienne antique de ce temple; des lustres aux nombreuses bougies allumées, suspendus au plafond voûté, contribuaient à une atmosphère de pieux mystère, que démentait le caractère dépravé de la cérémonie qui se déroulait.

Portant un masque représentant une tête de chacal et revêtu d'une longue robe de tissu d'or, un grand prêtre entonnait une litanie dans une langue étrangère, devant une cinquantaine de fidèles. Ils avaient la tête rasée, à part une mèche teinte en vert pour ressembler à un serpent et des robes couleur de terre cuite. Des sarbacanes d'ivoire sculpté, semblables à celle qui était tombée entre nos mains, étaient suspendues à leur poignet et à leur ceinture, de petites bourses de cuir devaient contenir les épines qu'ils tiraient.

Sur l'ordre du grand prêtre, les idolâtres levèrent les bras, en hommage au dieu de l'autel; cela produisit un crescendo du tintement qui nous était devenu familier. Il était provoqué par le mouvement des amulettes incrustées de pierreries qu'ils portaient.

À côté de l'autel, un grand individu au type nubien se penchait sur une urne verte où bouillonnait une sorte d'onguent qui dégageait des vapeurs et, devant l'urne, des acolytes enduisaient le corps d'une jeune fille pubère des liniments de la mise en tombeau. Horrifiés, nous comprîmes que la jeune innocente était vivante, bien qu'apparemment en transe, et nous la vîmes, avec stupeur, être conduite comme une somnambule vers un cercueil ouvert où on l'allongea.

Holmes rompit l'envoûtement où nous avait plongés cet outrage.

– Ces amis sont les disciples du culte de Rame Tep. Je vais descendre dans le temple, annonça-t-il.

Il retourna dans le tunnel et reparut au-dessous de nous, caché à l'assemblée par un pilier sculpté. La litanie avait atteint maintenant un degré proprement hystérique. Tous les yeux étaient posés sur le cercueil. Je vis Holmes se glisser derrière un homme et subtiliser adroitement une bourse d'épines de sa ceinture, certainement dans l'intention de les analyser quand nous serions de retour dans le grenier. Cependant, la perspective d'une aussi agréable issue s'éloignait de plus en plus alors que je prenais conscience de l'étendue de notre péril. Holmes allait sûrement être vu et nous serions tous dangereusement exposés. Nous faisions intrusion dans une société secrète et on ne nous épargnerait certainement pas.

L'abominable rite arrivait à son point culminant. Le liquide de l'urne fut transvasé dans le cercueil. La malheureuse victime était momifiée vivante !

– Arrêtez, assassins ! hurla Holmes, et mon cœur s'arrêta de battre.

Le chant se tut. Tous les regards se tournèrent dans sa direction et, dans une ruée soudaine, les fidèles se précipitèrent sur lui, la sarbacane levée pour le tuer. Holmes prit ses jambes à son cou.

Nous le retrouvâmes dans l'escalier en colimaçon. Une fois en haut, nous lançâmes sur nos poursuivants autant de tonneaux vides que nous pûmes trouver et cela retarda leur avance. Ce faisant, nous étions pris sous une averse d'épines empoisonnées, qui nous piquaient comme des insectes. Mais nous étions trop absorbés par notre fuite pour réfléchir aux inévitables conséquences.

Nous nous élançâmes sur le plancher grinçant vers le carreau cassé de la fenêtre donnant sur l'impasse. Elle nous ramènerait vers la sécurité relative des rues de la ville. Une fois dehors, nous pensâmes avoir semé nos assaillants mais soudain un membre particulièrement féroce de cette secte, armé d'une lame redoutable, sauta de la fenêtre par laquelle nous venions de passer. Nous fûmes pris de panique, courûmes dans la mauvaise direction et nous nous heurtâmes au fond du cul-de-sac. Il y avait là une haute grille que nous escaladâmes néanmoins, mais pour nous retrouver dans un cimetière, où le clair de lune sur la neige tassée transformait en ombres menaçantes les statues et les pierres tombales. Nous étions au pays des morts.

À cause de nos efforts, la drogue commençait

déjà à faire son effet. Au début, elle provoqua une agréable sensation de bien-être. Nous devînmes confiants. Nos ennemis étaient peut-être tout près mais nous n'y pensions plus. Les sinistres monuments, autour de nous, ne nous impressionnaient plus. Nous avions même envie de rire de leur ridicule ostentation. Nous pouffions tout en marchant. Holmes mit un bras autour d'Élisabeth et elle se serra contre lui; je les suivis, le cœur aussi léger que si je faisais une promenade à la campagne. Mais cela ne dura pas. L'euphorie fit place à une vague crainte. Nous allions maintenant connaître les terreurs de l'hallucination.

Élisabeth fut la première à perdre contact avec la réalité, mais je devais moi-même approcher de cet état car je voyais nettement un bras de squelette sortir d'une tombe pour saisir sa jambe. Je la vis reculer en chancelant, horrifiée. Pourtant, j'étais encore assez maître de mes sens pour demander à Holmes ce qui se passait.

– Élisabeth commence à avoir des hallucinations, me dit-il en maîtrisant son inquiétude. Nous allons devoir la ligoter.

Il s'adressa calmement à la jeune fille affolée :

– Ce n'est pas vrai, Élisabeth. Vous ne faites que l'imaginer.

Elle se mit à hurler.

– Watson ! Donnez-moi vos bretelles !

Naturellement, dans ces circonstances, je n'hésitai pas. Je lui tendis aussi mon écharpe. Nous allions l'attacher à une stèle quand elle recula et tomba dans une tombe ouverte.

– Mon oncle, je vous en prie ! cria-t-elle au comble de la terreur. Non, non, mon oncle ! Je vous en supplie !

Nous apprîmes plus tard que son esprit dérangé lui faisait voir son tuteur, debout au bord de la fosse, en train de l'enterrer vive en lui jetant des pelletées de terre. Naturellement, j'ignorais alors les détails de son délire. Je souffrais aussi de fantasmes qui me rendaient impuissant à aider Holmes à prendre les précautions pour tenter de nous sauver et de nous empêcher de nous blesser.

Le lecteur est en droit de demander quelle forme prenaient mes hallucinations, même si avec le temps une certaine honte m'accable encore lorsque je m'en souviens. Mais j'ai toujours partagé avec Holmes un respect pour la vérité qui m'interdit toute réticence. Voyez-vous, dans mon esprit assailli par la drogue, j'étais attaqué par des aliments imaginaires ! Toutes sortes de comestibles que j'avais eu tant de plaisir à consommer cherchaient à me dévorer ! Des tartelettes, des bonbons, des puddings équipés de membres tentaculaires grouillaient sur tout mon corps et m'immobilisaient, comme un Gulliver prisonnier de quelque inconcevable Lilliput.

Je suis certain d'une chose : ni Élisabeth ni moi n'aurions survécu pour le raconter si Holmes, grâce à un élément supérieur de son métabolisme, n'avait pu retarder sa propre chute dans le magma de l'illusion, jusqu'à ce qu'il ait pris des mesures pour éviter que nous nous fassions du mal. Par ce qui dut être un effort de volonté surhumain, il parvint à nous attacher tous deux à des pierres tombales, avec nos écharpes et mes bretelles, avant de succomber lui-même aux étranges fantasmagories qui, cette nuit-là, allaient lui ronger le cerveau comme des vers. Car, à en juger par le récit qu'il m'en fit plus tard, ou pour être plus précis par sa répugnance à en parler, j'en conclus que son épreuve avait été la plus terrible de toutes.

Après nous avoir attachés, il décida d'attendre le lever du jour. Près de nous, un caveau abandonné semblait offrir un abri mais, quand il entra dans cette espèce de crypte, elle se changea brusquement en salon de la maison de son enfance. Son hallucination commençait.

La scène n'était pas heureuse. Dans ce décor si familier pour lui, ses parents se disputaient aigrement. Il essayait de les calmer mais son père l'accusait d'être la cause de la querelle. « Tu as détruit ma vie, maintenant je vais détruire la tienne ! » Tels étaient les mots terribles prononcés par son père. À ce moment, la tragique vision se transforma. Maintenant, son père devenait un fanatique de Rame Tep et brandissait un couteau pour se ruer sur le jeune homme affolé. Holmes ne savait plus distinguer la réalité de l'illusion. Il savait simplement que, dans un monde de cauchemar, quelqu'un venait vers lui avec un couteau. Il allait mourir. Sur quoi une détonation claqua.

Holmes se trouva avec le canon d'un fusil sous le nez. Il retomba dans la réalité. Il vit la silhouette d'un fanatique de Rame Tep s'enfuir en boitant comme s'il avait été blessé. Le fusil braqué sur Holmes était tenu par un solide gaillard qui avait probablement été tiré de son lit, car il avait jeté un manteau sur sa chemise de nuit. C'était le sacristain de l'église, réveillé par le bruit. Il aida Holmes à nous détacher et annonça son intention de nous traîner au poste de police le plus proche.

Je fus secrètement soulagé par cette intrusion. A mon avis, le sacristain en colère nous avait sauvés. Mais Holmes accorda peu de considération à cet aspect de la situation. En un rien de temps, il retrouva son caractère irritable, se plaignit amèrement et exigea que l'inspecteur Lestrade, de Scotland Yard, soit informé de notre triste sort. L'attitude de Holmes donna d'heureux résultats; la police locale fut suffisamment impressionnée par la mention de Scotland Yard pour envoyer un message urgent à Lestrade. L'inspecteur harassé arriva finalement, congestionné de rage.

Il s'emporta contre Holmes.

– C'est bien la dernière fois que vous me faites perdre mon temps ! Pourquoi est-ce que vous ne pouvez pas vous conduire comme les autres adolescents ? Vous voulez finir en prison ? C'est votre dernière chance. J'ai parlé aux autorités de l'Eglise et elles ne porteront pas plainte. Mais si jamais...

– Mais, Mr Lestrade, interrompit Holmes d'une voix pressante, je vous conjure d'enquêter. Ce culte fanatique fait peur à toute la ville. La communauté musulmane est particulièrement effrayée. Des jeunes filles sont enlevées pour subir des rites répugnants. Je suis convaincu qu'il y a aussi un rapport avec la mort de Bobster, de Nesbit et du professeur Waxflatter. Il y a peut-être eu d'autres morts mystérieuses. Vous devez ouvrir une enquête.

– Une enquête sur quoi ? rétorqua Lestrade à bout de patience. Tout cela est le fruit de votre imagination féconde. Bon Dieu, Holmes, je n'ai pas à me justifier à vos yeux ! Tout cela n'est que pures sornettes. Voilà sept ans que je suis dans la police et vous prétendez en savoir plus que moi sur les bas-fonds. Quelle arrogance ! Maintenant allez-vous-en, tous les trois. Allez-vous-en !

– Très bien, dit Holmes. Mais je vous conseille de demander au personnel de votre laboratoire d'analyser ceci. Vous aurez peut-être une surprise.

Et il versa dans la main de Lestrade quelques épines de la bourse.

– Allez-vous-en !

Alors que nous partions, j'eus le temps de remarquer qu'une des épines s'était plantée dans la main du policier. Il l'arracha et la jeta dédaigneusement.

8

Au cours de ma longue et intime association avec Sherlock Holmes, je ne devais jamais l'entendre parler de sa famille et presque jamais de son enfance. Ceux de mes lecteurs qui ont suivi nos aventures se souviendront certainement que dans les *Souvenirs* (plus précisément dans l'affaire de *L'interprète grec*) je jugeais cette réticence de sa part assez importante pour la mentionner. Je pensais que cela aiderait le grand public à mieux connaître son caractère et l'effet parfois inhumain qu'il produisait sur moi et sur d'autres. C'était comme s'il avait surgi d'un passé amorphe, avec un intellect pleinement développé, un cerveau sans cœur; un être aussi dépourvu de compassion humaine qu'il était doué d'intelligence : un phénomène isolé.

À la réflexion, je crois que mes commentaires dans les *Souvenirs* étaient injustes car, tout surhomme qu'il parût par moments, il avait un côté chaleureux qui, par sa nature même, ne pouvait être que difficilement connu.

Comme je l'ai écrit dans *L'aventure de Black Peter* (une affaire rapportée dans *Le retour de Sherlock Holmes*), Holmes, comme tous les grands artistes, vivait pour son art (bien que cet art fût plutôt une science, la science raffinée de la déduction) et les récompenses financières passaient au second plan.

Au cours de nos nombreuses années communes, je l'ai rarement vu exiger de paiements importants pour ses inestimables services. Il était si peu matérialiste – et si capricieux – qu'il refusait souvent son aide aux riches et aux puissants, si le problème ne l'intéressait pas, alors qu'il consacrait des semaines d'application intense à quelque humble client dont l'affaire présentait ces aspects étranges et dramatiques qui séduisaient son imagination et défiaient son ingéniosité. Autrement dit, si la pauvreté et l'injustice allaient la main dans la main, comme c'est si souvent le cas dans les grandes villes, alors Holmes était tout prêt à jouer les Robin des Bois et à supporter les frais de ces entreprises.

Malgré cette facette de sa personnalité, Holmes était à l'âge adulte un homme essentiellement froid, peu enclin à nouer de nouveaux liens d'amitié et si secret sur tout ce qui concernait sa famille et ses origines que j'en étais venu à croire qu'il était un orphelin, sans personne au monde. Mais un jour, à ma grande surprise, il me parla de son frère.

Un soir à Baker Street, nous étions douillettement installés, détendus, et nous avions discuté du talent, en nous demandant quelle part d'un don singulier était due à l'atavisme, et quelle part à l'éducation. Dans son propre cas, hasardai-je, ses singulières facultés de détection et d'observation étaient certainement le fait d'un entraînement systématique.

Il répondit d'un air songeur, reconnaissant que, dans une certaine mesure, j'avais raison. Ses ancêtres étaient des hobereaux, menant une vie normale pour leur classe, et il ne supposait pas avoir pu hériter d'eux un talent particulier. Néanmoins, il admettait qu'il y avait peut-être un lien héréditaire avec les pouvoirs d'observation de sa grand-mère. Elle était la sœur de Vernet, le peintre français. Mais, ajouta-t-il ironiquement, l'art dans le sang prend parfois des formes bizarres.

Sentant ce soir-là que je ne considérais pas cela comme une preuve suffisante d'un fondement héréditaire de ses facultés, il ajouta que son frère, Mycroft Holmes, les possédait aussi et à un degré plus élevé.

– Il a sept ans de plus que moi, me confia-t-il, et il m'est très supérieur, en observation et en déduction.

Cela aussi, j'avais du mal à le croire. Était-il possible qu'il y eût au monde deux phénomènes pareils, et vivant à Londres ? Au temps de notre jeunesse collégienne, j'avais connu l'existence de Mycroft. Holmes avait même eu l'intention d'habiter chez lui après son renvoi d'Old Broms et avait changé d'avis, je n'en doutais pas, uniquement quand l'idée de partager le grenier avec Élisabeth lui parut beaucoup plus agréable. Mais ce soir-là, bien plus tard, quand Holmes me parla de son frère, je ne pus croire qu'il existât un génie de la détection autre que celui dont j'étais devenu le chroniqueur.

Je lui déclarai qu'il était trop modeste en attribuant à son frère des talents supérieurs à ceux que j'admirais tant chez lui. Et s'il y avait deux Holmes, comment se faisait-il que l'autre restât inconnu ? Holmes insista. Mycroft était le véritable maître. Il ajouta cependant que son frère ne se servait pas de ses pouvoirs pour un travail de détective; il était trop paresseux. S'il le faisait, son art du détective commençait et finissait par un raisonnement dans un fauteuil. Holmes déclara que son frère pourrait être le plus grand agent criminel de tous les temps. Curieusement, ce fut cette description que je finirais par appliquer à mon ami Sherlock Holmes.

Quoi qu'il en soit, le moment vint où je fis la connaissance de Mycroft Holmes, une occasion que j'ai rapportée dans les *Souvenirs*. Holmes m'emmena le voir au *Diogene's Club*. C'était un curieux établissement installé à côté du *Carlton*, près de Pall Mall. Il était beaucoup plus grand et fort que Holmes, extrêmement corpulent mais sa figure, bien que massive, avait conservé l'acuité d'expression si remarquable chez son frère. Ses yeux d'un gris aqueux, singulièrement clairs, semblaient avoir en permanence cet air lointain, introspectif que j'avais souvent observé quand Sherlock se concentrait fortement. Il me plut d'emblée et je suis très fier de rapporter une réflexion que fit Mycroft, que je trouvai extrêmement flatteuse en dépit de la mine peinée de Sherlock en l'entendant.

– J'entends parler de Sherlock partout depuis que vous êtes son chroniqueur.

Bref, mon excuse pour rappeler complaisamment des souvenirs qui sortent du cadre de ce récit et qui étaient encore dans un avenir lointain, c'est que lorsque nous nous retrouvâmes au grenier après la nuit dans le cimetière, la répugnance de Holmes à décrire ses hallucinations fut une première indication de sa réticence à parler de tout ce qui concernait son enfance. Bien plus tard seulement, il me parlerait de son cauchemar et de la signification de cette douloureuse vision d'un foyer désuni. Dans le grenier, il s'intéressa à l'épreuve d'Élisabeth et la plaignit mais il ne fit que rire aux éclats de la mienne.

Dans son désir d'établir un rapprochement entre la mort de Waxflatter et des autres et les activités de Rame Tep, Holmes exigea de moi une pénible corvée. Je devais trier les papiers du regretté professeur, plusieurs dossiers, qui, ai-je besoin de le dire, étaient dans un désordre indescriptible. Il était évident qu'il n'avait pas compartimenté ses sujets d'intérêt. Des tableaux scientifiques, des dessins, des formules mathématiques, des notes de conférences étaient mélangées avec sa correspondance personnelle. Il y avait même dans ces dossiers rebondis des listes d'achats d'épicerie ! Tout cela révélait bien le caractère de l'homme, immensément industrieux et absolument pas méthodique.

Je fus amusé en découvrant qu'il avait l'habitude de s'écrire de petits mots. Ces pense-bêtes indiquaient aussi une nature de lutin : « Écrire Haslam-Hogwood au sujet Théorie de Lévitation de Stark », « Acheter petits pâtés chez Frampton », « Chat de Bronya écrasé, envoyer condoléances », « Chaussette isolée, bleue à pois jaunes, dans paquet du blanchisseur. À Snelgrove ? », et aussi « Défaut chronique dans hydraulique de la machine », et « Commander pot de colle ».

Il y avait des agendas et des journaux intimes en masse, les plus anciens remontant au début du siècle; des cartes postales de pays lointains envoyées par d'anciens élèves, des programmes de concerts et, bizarrement, puisque je savais qu'il avait été un célibataire endurci, des catalogues de lingerie féminine et de corsets, abondamment illustrés. Quel drôle d'oiseau ! pensai-je. Je tombai sur une petite toile, sans cadre, qui avait été pliée et repliée, provoquant des craquelures de la peinture représentant sans doute un groupe de classe terminale de Brompton le jour de l'examen de fin d'études. Je me dis que cela intéresserait certainement Holmes, ne fût-ce que pour des raisons historiques, parce qu'on y voyait combien la mode avait changé depuis 1812, la date du tableau. Un des jeunes collégiens pouvait bien être Waxflatter en personne, me sembla-t-il. Je le montrai donc à Holmes.

– Une peinture amusante, non ? lui dis-je avec bonne humeur.

– Des indices, Watson ! grogna-t-il en la repoussant impatiemment. Je veux des indices, pas de la critique d'art !

Vraiment, parfois Holmes était insupportablement impoli.

Et il ne contribuait même pas aux recherches. Il voulait des indices, mais où allait-il les trouver ? Il était occupé à bricoler, je ne vois pas d'autre mot, et tapait légèrement mais avec une persistance irritante sur un morceau de la machine volante du vieux monsieur, l'étai d'une aile apparemment.

– Holmes, dis-je, est-ce que vous ne pourriez pas cesser ce bruit infernal ? Il aggrave le mal de tête qui, incidemment, ne m'a pas quitté depuis ces horribles hallucinations.

– Ça m'aide à réfléchir.

– Je ne peux même pas penser. J'ai un grand retard de sommeil.

– Pas le temps de dormir. Nous devons continuer de travailler. Nous devons trouver un indice. Quelque chose qui relie Waxflatter à Rame Tep.

Il était de son humeur la plus exaspérante. J'aurais dû lui lancer la toile à la tête mais je retournai aux dossiers, remis la peinture à sa place et regardai Holmes d'un œil noir. Il ne fit aucune attention à mon hostilité et continua de taper, tap-tap-tap, sur l'étai de métal. J'aurais plus facilement supporté son violon. Sur le canapé, Élisabeth sommeillait paisiblement, Uncas blotti contre elle, ni l'un ni l'autre ne semblant gêné par le bruit de Holmes. Ils devaient le trouver soporifique. J'en étais incapable. J'étais fatigué, ce que je faisais m'ennuyait et me rebutait.

Je renonçai; j'étais absolument incapable de trier d'autres papiers. J'étais déjà entouré des preuves d'une vie entière de chaos. Au diable les indices ! Holmes n'avait qu'à les chercher lui-même. J'avais trop sommeil.

Je remarquai alors sur une petite table une assiette contenant un gâteau à la crème et une fourchette. C'était fort appétissant mais je me rappelai une pâtisserie semblable qui m'avait attaqué pendant mes hallucinations. Est-ce que ce gâteau allait soudain brandir des membres et faire de même ? Allait-il me répondre si je lui parlais ?

– Mr Gâteau, chuchotai-je, avez-vous quelque chose à dire ? Êtes-vous ce que vous semblez être ou une illusion ?

Pas de réponse. Il paraissait bien bon. Je le touchai du bout de la fourchette.

– Watson !

Dieu du ciel, le gâteau avait-il parlé ? Non, je m'étais assoupi. Holmes me secouait.

– Watson, qu'avez-vous fait de cette peinture ?

J'allai la repêcher dans le dossier et la lui apportai.

– Seigneur, Watson, vous rendez-vous compte de ce que vous avez trouvé ?

– Une peinture de la classe de fin d'études de Waxflatter ?

– Exactement. Et qui se trouve derrière le professeur ?

J'attendis qu'il me le dise.

– Bobster.

– Bentley Bobster ?

– Lui-même. Le comptable qui, d'après le *Times* du 12 décembre, a mis fin à ses jours à Pimlico, dit-il et il retourna la toile. Regardez, Watson, les noms sont écrits au dos : Rupert T. Waxflatter, Duncan Nesbit, Oscar Hallmark, des noms que j'ai lus récemment dans des avis de décès. Ils sont tous morts d'une manière anormale. Bravo, Watson. Je suis fier de vous.

Je n'eus pas le temps de réagir aux louanges de Holmes car au même instant la porte du grenier s'ouvrit à la volée. C'était Rathe.

– Holmes ! Je ne m'attendais pas à ce que nos fleurets se croisent si tôt.

La détresse de Holmes fut profonde. C'était l'attitude de Rathe, et non le fait qu'il nous avait surpris, qui le surprenait. Il avait probablement espéré de l'indulgence du maître qu'il admirait le plus, mais il était évident qu'il n'y en aurait pas.

– Qu'est-ce que cela signifie, Holmes ? demanda Rathe. Que faites-vous ici ? On vous a interdit de pénétrer dans l'enceinte du collège. Venez dans mon bureau, tous les trois.

Je ne sais quel instinct me poussa mais en voyant la figure de Rathe, qui n'exprimait pas seulement de la colère mais de la peur, je cachai la petite peinture du groupe sous ma chemise. Quelque chose me disait qu'elle était uniquement pour nos yeux.

– Eh bien, Holmes, dans quoi êtes-vous allé fourrer votre nez indiscret ? demanda Rathe, une fois dans son bureau.

Encore très dérouté par cette attitude, Holmes répliqua par une autre question :

– Comment saviez-vous que je me cachais dans le grenier de Waxflatter ?

– Auriez-vous oublié que nous avons les mêmes pouvoirs de déduction ? riposta sèchement Rathe.

Holmes parut sceptique. On frappa à la porte et Mrs Dribb entra. Notre présence, particulièrement celle de Holmes, l'étonna.

– Vous m'avez demandée, Mr Rathe ?

– J'ai besoin de votre aide, pour ces jeunes gens, Mrs Dribb.

– Mais je croyais que le jeune Mr Holmes avait quitté le collège ?

– Nous l'avons tous cru. Malheureusement, Mr Holmes s'est mis dans un cas plus grave encore, dit Rathe d'une voix sévère. Si le conseil d'administration était au courant de votre transgression, Holmes, il pourrait fort bien vous faire arrêter. Aimeriez-vous aller en prison ?

Holmes n'en croyait pas ses oreilles. Où était passé le valeureux maître d'armes qui l'avait défendu vaillamment contre le renvoi injuste ?

– Mais il est inutile d'avertir le conseil, reprit Rathe moins durement, et il resta un moment songeur. Holmes, je veux bien oublier cela, à condition que vous partiez demain, comme prévu… Et vous aussi, Watson.

Le coup m'assomma.

– Monsieur… Vous voulez dire…

– Je veux dire que si je portais cette affaire devant les autorités, vous seriez renvoyé aussi sommairement. Je vous évite simplement cette disgrâce.

Ce que j'avais toujours craint était arrivé. J'étais accablé. Mon association avec Holmes mettait fin à mes études, à mes espoirs d'université, de carrière médicale. Le chagrin m'étouffait, me rendait muet. Rathe s'adressait maintenant à Élisabeth.

– Je trouve votre conduite également inexcusable, jeune personne. Est-ce avec votre permission que Mr Holmes est demeuré dans le laboratoire de votre oncle ?

Elle hocha la tête.

– Je trouve cela extrêmement indécent, pour une jeune fille de seize ans.

Élisabeth rougit. Mrs Dribb la toisa d'un air dégoûté et, se tournant vers Rathe, elle dit méchamment :

– Puis-je conseiller que nous fassions enlever le chien par la fourrière ? Je ne vois pas d'autre école qui autoriserait la présence d'un animal familier.

– Non, non ! cria Élisabeth. Vous ne pouvez pas avoir cette cruauté !

– Je suis d'accord, Mrs Dribb. Et je veux que le laboratoire de Waxflatter soit débarrassé. Nous avons besoin de ces pièces pour les activités normales du collège. Débarrassez-vous de tout.

Holmes s'emporta.

– Mais, monsieur, le grenier est plein des résultats des recherches du professeur ! Ses inventions sont là. Il y a des papiers d'une grande valeur scientifique. Toutes sortes de documents capitaux. Il contient la clef de l'œuvre de toute sa vie.

– Sa vie est finie, trancha Rathe.

– Vous n'avez pas le droit ! cria Holmes, hors de lui.

– Pas le droit, Mr Holmes ? Votre ton me surprend. Surtout quand vous l'employez pour vous adresser à moi.

La réprimande ranima la confusion de Holmes en faisant appel à son ancienne loyauté.

– Excusez-moi, murmura-t-il. Je me suis laissé emporter.

Rathe se carra dans son fauteuil et nous examina.

Au bout d'un moment, il déclara :

– Vous devrez passer la nuit ici. Il nous serait difficile, si tard, de vous trouver un moyen de transport. Mrs Dribb, emmenez les deux garçons à la salle 14 B. Ils y passeront le reste de la nuit. La jeune personne doit être dans une pièce séparée. Je propose la chambre à côté de la vôtre.

Nous suivîmes l'infirmière mais Rathe rappela Holmes.

– N'oubliez pas ce que j'ai essayé de vous enseigner, Holmes. Contrôlez vos émotions sinon elles vous contrôleront. L'émotion risque de causer votre chute.

– Oui, monsieur, répondit humblement Holmes et il me rejoignit dans le couloir.

Uncas fut mis dans un placard à balais et Élisabeth emmenée dans une pièce voisine. Nous entrâmes dans la salle 14 B et entendîmes Mrs Dribb donner un tour de clef à chaque porte. Nous avions été enfermés pour la nuit. Nous entendions le petit Uncas gémir pitoyablement.

Cette salle était comme une cellule de prison. Bien des malheureux y avaient été détenus avant nous, j'en étais certain. Il n'y avait pas de lumière, sauf la clarté reflétée par la neige, filtrant par un vasistas. Nous distinguâmes un matelas malpropre sur un lit de fer; la peinture des murs s'écaillait. Quel endroit pour passer mes dernières heures à Brompton ! Je marchais de long en large comme un primate dans un zoo, fulminant contre Holmes.

– Je savais que nous serions surpris ! Je le savais, Holmes ! Cela constitue peut-être pour vous une amusante escapade mais elle me coûte tout. J'aimerais ne vous avoir jamais connu,

Holmes ! Vous pourriez au moins m'écouter ! Qu'est-ce que vous faites ?

Il avait ôté le matelas du lit et dressé ce dernier contre le mur du fond. Il s'en était servi comme d'une échelle pour atteindre la lucarne, qu'il avait ouverte, et il sortait la tête pour regarder en bas. Il la rentra et m'annonça :

– Nous pouvons partir par là. Venez voir.

Moins agile que Holmes, je grimpai tant bien que mal à côté de lui au sommet du cadre du lit. Je regardai dehors et constatai que nous étions à cinq étages du sol. À trente mètres au-dessous de nous, au moins, la cour scintillait de neige verglacée. J'en eus le vertige.

– Vous êtes fou, déclarai-je. Je reste ici.

Il parut affligé.

– Vous me décevez, Watson. Nous sommes sur le point d'élucider cette affaire.

– Si nous sortons par cette fenêtre, nous nous fracasserons le crâne et n'éluciderons rien du tout. Il n'y a même pas de corniche.

– Mais il y a une gouttière, dit-il en indiquant une vieille conduite rouillée sous l'aplomb du toit, qui me paraissait incapable de supporter le poids d'un chat. Je peux m'y accrocher et arriver à la fenêtre voisine. J'ai besoin de vous, Watson ! Ne m'abandonnez pas maintenant. Nous sommes dans cette affaire ensemble. Nous formons une équipe.

– Oui. Une équipe perdante, grommelai-je.

Mais je savais que je ne le détournerais pas de ce qu'il avait en tête. Avec le temps, j'en viendrais à savoir que la vie de Holmes témoignait de l'invincible pouvoir de la volonté humaine. Néanmoins, à ce moment-là, j'étais convaincu qu'il allait se tuer.

Il se hissa, sortit du vasistas, saisit la gouttière

et se balança en avançant contre le mur extérieur, cramponné à ce fragile chéneau qui grinçait d'une façon inquiétante. De là où j'étais, je voyais ce qui lui était caché : un morceau de gouttière, rongé par la rouille, était tombé, laissant une brèche où Holmes risquait de mettre la main, avec les fatales conséquences que l'on devine. Je voyais aussi un moyen par lequel je pourrais atteindre le toit et, de là, tenter de le sauver.

Si je me penchais en arrière par la lucarne, raisonnai-je, je pourrais opérer un brusque rétablissement et une cabriole, sur une partie du toit, juste au-dessus de moi, qui, au toucher, me paraissait plat. Je fermai les yeux et me lançai. J'atterris debout à l'instant même où la gouttière cédait sous le poids de Holmes. Il était maintenant suspendu la tête en bas, à l'extrémité d'une bande de métal fixée au chéneau par un écrou branlant et rouillé. Je saisis sa jambe de pantalon. À présent, j'avais sa vie entre mes mains, littéralement.

Je ne sais quel caprice pervers me rappela une question; toujours est-il que je m'entendis déclarer :

– Holmes, j'ai résolu l'énigme.

– Bravo, Watson, répondit-il, suspendu dans le vide.

– L'ours est blanc.

– Quel est votre raisonnement ? demanda mon ami toujours en suspension.

– Eh bien, dis-je assez bêtement, c'était la seule couleur à laquelle je n'avais pas pensé.

– Les solutions sans preuve ne valent rien et si vous ne me hissez pas promptement, je ne vaudrai plus rien, moi non plus.

Il avait raison. La couture du pantalon commençait à céder. J'empoignai l'autre jambe et tirai un bon coup, avec une force qui me surprit moi-même, et le ramenai sain et sauf par les pieds.

– Excusez-moi.

– Pas du tout, mon cher Watson. Il n'y a pas de mal. Mais vous devez vraiment raisonner d'une manière plus scientifique.

Je transpirais dans le froid.

– Certainement, Holmes. Je n'y manquerai pas.

Nous longeâmes le toit et arrivâmes à un vasistas par lequel je vis Élisabeth, allongée à la lumière d'une lampe à pétrole. Elle se releva vivement quand nous tapâmes au carreau, nous ouvrit et nous descendîmes par là. Elle nous pria de ne pas faire de bruit, en indiquant le rai de lumière sous la porte de la chambre voisine, celle de Mrs Dribb.

– Watson, chuchota Holmes, avez-vous encore cette peinture ?

Je la tirai de sous ma chemise. Il s'approcha de la lampe, pour l'examiner en détail. Puis il montra ceux qui étaient morts récemment : Bobster, Nesbit, Waxflatter, Hallmark...

– Hallmark ? m'étonnai-je.

– Oscar Hallmark a été le premier du groupe à mourir, expliqua Holmes. La police l'a repêché dans la Tamise. Un ancien parlementaire.

– Un conservateur ?

– Vraiment, Watson, est-ce important ? En fait, il était radical.

– Qui est le cinquième ? demandai-je car ils étaient cinq dans le groupe.

– Réfléchissez, Watson. Cette tête ne vous dit rien ? Noubliez pas qu'ils étaient adolescents à l'époque où ce tableau a été peint, en 1812, comme l'indique la date au dos.

– Il aurait donc aujourd'hui plus de soixante-dix ans.

– Très astucieux, Watson. Qui avons-nous croisé, au cours de nos investigations, et à part ceux qui sont morts, qui correspondrait à cette définition ?

– Snelgrove ?

– Ridicule. Snelgrove n'a jamais été jeune, répliqua Holmes qui en voulait, naturellement, au maître responsable de son renvoi. Cherchez encore.

Élisabeth s'exclama alors :

– C'est l'homme qui est venu voir mon oncle. Celui qui s'est enfui durant l'enterrement.

Holmes la serra tendrement dans ses bras.

– Exactement, mon cœur. Il s'appelle Chester Cragwitch. Est-ce que cela ne vous étonne pas qu'il soit encore en vie, le seul survivant de ce groupe ? Nous devons le retrouver.

– Fantastique, Holmes ! murmurai-je.

– Élémentaire, mon cher Watson, dit-il, et j'échangeai avec Élisabeth un regard amusé. Maintenant, voilà ce que nous allons faire...

Nous écoutâmes son plan avec attention. Élisabeth devait retourner au grenier, en récupérant Uncas au passage. Holmes tira de sa poche un passe-partout pour le placard à balais. Dans le grenier, Élisabeth rassemblerait tous les papiers et objets du professeur qu'il fallait sauver avant que Mrs Dribb les détruise. Rude tâche, à mon avis, mais elle ne broncha pas. Holmes et moi partirions à la recherche de Cragwitch, que nous devions retrouver avant Rame Tep.

Avant de partir, Holmes prit Élisabeth à part. Ils s'embrassèrent si passionnément que je ne savais plus où poser les yeux. J'essayai d'ouvrir la porte.

– Elle est fermée à clef, annonçai-je.

– En effet, dit Holmes en interrompant un instant le baiser. Essayez cette clef. Si elle ne marche pas, nous sortirons par le vasistas.

Ce fut ce que nous fîmes, en définitive.

Quand Élisabeth fut partie pour sa mission et alors que nous traversions la grande cour, je demandai à Holmes quelle était notre destination.

– Oxford, répondit-il. Cragwitch vit près de là dans un manoir campagnard.

– Mais c'est à des kilomètres ! Comment irons-nous ?

– Un omnibus nous conduira à Paddington. De là, nous prendrons le train. Nous devrions arriver avant le coucher du soleil. Nous avons tout le temps, Watson. Pas de cours aujourd'hui puisque c'est dimanche et la semaine prochaine, c'est la fin du trimestre.

Plus de cours, jamais, pensai-je tristement, car désormais je n'avais plus aucun moyen d'éviter l'expulsion.

9

Le train que nous prîmes à Paddington était le pire des tortillards; il s'arrêta plus de vingt fois à de petites gares ou haltes, pas seulement pour le transfert de voyageurs vers d'autres lignes mais pour décharger toutes sortes de marchandises. Si nous avions manqué un train plus rapide, c'était par la faute de Holmes qui avait insisté pour acheter à la gare une carte d'état-major de l'Oxfordshire, tandis que je faisais l'acquisition d'un quart de livre de pastilles de menthe. Invariablement, elles me tranquillisaient pendant un voyage.

J'en avais grand besoin. À chaque arrêt, nous devions attendre une éternité. Des caisses de quincaillerie, des sacs de matériaux de construction étaient livrés et emportés. À d'autres haltes, on embarquait des sacs de blé et de pommes de terre. Le cadet des soucis de ce convoi semblait être sa destination, le village de Wantage, à cinq kilomètres environ d'Oxford proprement dit.

Depuis cette époque – heureusement pour des gens comme moi qu'Oxford n'a jamais cessé d'attirer – le grand chemin de fer de l'Ouest, Londres-Bristol, a relié sa voie à Oxford même au moyen du tramway de Wantage, mais nous n'eûmes pas cet avantage quand nous arrivâmes dans l'après-midi de ce jour glacial.

Notre pénurie financière nous contraignait à voyager en troisième classe et nous avions été privés des agréments tels qu'un wagon-restaurant et des water-closets. Afin de nous soulager, nous dûmes nous précipiter aux toilettes publiques sur le quai de Reading. En retournant au train, nous dûmes attendre un quart d'heure pendant que des poulets vivants y étaient transférés, de la carriole d'un fermier.

J'en profitai pour aller acheter deux sandwichs au jambon au buffet de la gare mais Holmes déclara leur contenu inacceptable, et je dus retourner sur mes pas afin d'obtenir du pain et du fromage. Holmes s'était mis, paraît-il, à un régime sans viande, en raisonnant que le gorille était végétarien et si c'était de là que venait sa force, alors un tel régime était d'autant plus sain pour l'homme. Il allait mettre cette conviction en pratique pendant moins d'une semaine, pour la rejeter ensuite comme il le fit toute sa vie à propos de tant d'autres lubies.

Les désagréments du voyage étaient aggravés par le souhait apparent de Holmes de le consacrer à la méditation. Aussi était-il assis en face de moi, les jambes croisées à la manière d'un fakir. Il affirmait que cette position empêchait le paysage de le détourner de sa concentration. Je jugeais cela tout à fait superflu, et même trop ostentatoire car son attitude éveillait la curiosité des autres voyageurs. Une campagnarde, descendant à une halte rurale, toucha même Holmes pour s'assurer qu'il était bien vivant. Ainsi, pendant près de cent kilomètres de trajet monotone, ponctué par de multiples arrêts, je n'eus aucun compagnon socialement acceptable avec qui deviser, dans une voiture qui empestait le tabac ordinaire des occupants aux mains calleuses – de simples paysans qui se donnaient des coups de coude amusés au spectacle de mon excentrique ami.

J'ai toujours considéré les chemins de fer anglais comme un microcosme de notre système de classe, dont on ne franchit les barrières qu'à ses risques et périls. Je n'irais pas prétendre, naturellement, qu'il soit nécessaire d'aller jusqu'où va le duc de Marlborough pour éviter tout contact avec les gens du commun. Quand le duc se rend à Oxford, du palais de Blenheim, sa demeure ancestrale de Woodstock, une voiture particulière de première classe est ajoutée au train, pour son secrétaire et lui. Les hommes d'affaires voyagent en seconde, les ouvriers et les paysans en troisième et les wagons de marchandises en queue de convoi transportent le bétail et le charbon. La méthode de Marlborough constitue une ségrégation poussée à son comble, accessible uniquement aux très grandes fortunes, mais je pense sincèrement que si, comme le prédisent certains radicaux, les classes de chemin de fer étaient supprimées et tout le monde logé à la même enseigne, ce serait un triste jour pour l'Angleterre.

Après le voyage en train, notre ultime destination était Cragwitch Manor car, apparemment, Chester Cragwitch était un riche propriétaire terrien, ce dont je ne me serais certainement pas douté en voyant sa tenue négligée et ses manières furtives lorsque je l'avais si brièvement aperçu dans le grenier. Mais Holmes me fit observer que tout homme sachant qu'il était recherché par une bande d'assassins pouvait légitimement ne pas se mettre sur son trente-et-un.

Bref, quand nous fûmes descendus à Wantage, Holmes constata d'après sa carte du comté que le manoir était à quelque distance et de l'autre côté de la petite ville. Une bonne marche en pleine campagne était inévitable, déclara-t-il, car nous n'avions pas d'argent pour louer un cabriolet. Il n'était pas mécontent non plus du fait que la nuit serait tombée quand nous arriverions, estimant que le couvert de l'obscurité serait à l'avantage de deux intrus abordant la résidence d'un homme aussi désespéré. Nous étions loin d'espérer recevoir un accueil hospitalier. Nous étions encore en dessous du compte.

J'ai toujours eu une grande affection pour l'Oxfordshire, remontant à cette première visite que j'y fis. C'est vraiment le cœur de l'Angleterre, le bassin agricole paisiblement étendu entre les industries de Coventry, Birmingham et Londres. Ces sombres enfers n'ont pas d'écho dans cet agreste arrière-pays de fermes et de bois, même si à l'époque on apercevait encore du pied des Chiltern la fumée de Londres dérivant par la brèche de Goring. En ce jour d'hiver, c'était un paisible paysage dont les terres labourées s'étiraient comme des plaques de verre sous leur couverture de neige et où les stalactites de glace alourdissaient les églantiers des haies.

Je ne révélai pas mes sentiments à Holmes, qui s'était mis en tête qu'une marche de quinze kilomètres était tout à fait à mon goût, mais je commençai à apprécier secrètement la promenade. La pureté de cet air vif apaisa mes nerfs malmenés. Les soucis qui pesaient sur moi depuis l'ultimatum de Rathe s'allégèrent. J'avais trouvé mon second souffle.

Je ne me suis jamais senti réellement à l'aise dans les villes. Même au cours de mes années à Baker Steet, il m'arrivait de me retirer par moments du côté des lacs de Cumbria ou dans un village de montagne de l'Engadine, en Suisse, pour y guérir les maux de la vie citadine. Ainsi, alors que nous suivions les chemins et les sentiers de l'Oxfordshire, je me délectais de la vue et des bruits de la campagne, des appels des oiseaux volant vers leur nid, de la lueur des chandelles aux fenêtres des fermes isolées, de tout cet ordre naturel indispensable à l'homme. Alors que nous marchions dans le crépuscule de cette journée de décembre, c'était rassurant.

Les pans de son manteau battant au vent, Holmes imposait une allure pénible. Dans la pénombre, il avait l'air d'un personnage surgi d'un roman gothique. Quelle était donc cette qualité, me demandai-je pour la énième fois, qui distinguait Holmes du commun des mortels ? On était porté à croire, parfois, qu'il était composé d'éléments insubstantiels, d'énergie pure plutôt que de chair et de sang. Il apparaissait par moments comme une chimère de l'imagination. Naturellement, chaque époque façonne ses surhommes selon ses besoins. Je crois que j'eus le privilège de discerner en Holmes ces qualités qui, avec le temps, s'épanouiraient pleinement. Je ne pouvais alors savoir qu'il était destiné à devenir la plus parfaite machine à observer et à raisonner que le monde eût jamais connue, que ses déductions seraient aussi rapides qu'intuitives. Mais je sentais, tout de même, que j'étais en présence d'un être exceptionnel. Ce n'était que par mesquinerie que je le considérais comme un condisciple de mon âge responsable de tous mes problèmes actuels.

Ces problèmes n'en étaient pas moins inquiétants. Dans quelques jours, à la fin du trimestre, il me faudrait aller dans le Nord expliquer mon malheur à des parents qui s'attendaient à entendre parler de progrès foudroyants sur le chemin de l'université. Je pourrais difficilement les convaincre que j'avais tiré un bénéfice de la compagnie d'un ami aux pouvoirs remarquables et avais consacré mon temps à la poursuite d'une secte qui adorait le dieu égyptien des morts ! Ce n'était guère un sujet de conversation à Noël ! Mais, voyant le tour que prenaient mes pensées, je les chassai pour ne m'intéresser qu'aux bienfaits, à ce que m'avait rapporté mon amitié avec Holmes. Je dois avouer que leur énumération ne me vint pas facilement alors que nous pressions le pas, vers la ville de l'érudition.

Au fil des siècles, bien des hommes plus capables que moi ont décrit leur sensation, en voyant Oxford pour la première fois. Je crois que Nathaniel Hawthorne, cet auteur de la Nouvelle-Angleterre qui venait alors de mourir, avait raison en écrivant dans ses carnets son impression de décrépitude pittoresque : « Combien est ancien l'aspect de ces enceintes de collèges. Si rongées par le temps. Si croulantes, si noircies, si grises quand elles ne sont pas noires, si bizarrement formées avec ici une ligne de créneaux, là une rangée de pignons; ici une tourelle contenant sans doute un escalier en colimaçon, des fenêtres à meneaux de pierre, avec de petits carreaux sertis dans du plomb, et là des cloîtres dont la longue arcade donne sur de la verdure ou du gravier. » Ce que Hawthorne avait vu en 1856, je le voyais à présent en 1870. Rien n'avait changé.

Les collèges éveillaient en moi, comme chez tous ceux, je crois, qui n'ont pas eu le bonheur d'entrer à l'université, un sentiment d'envie à l'égard de leur gloire traditionnelle, de leurs privilèges secrets, de leur camaraderie et de leur supériorité supposée. Plus tard dans la vie, je devais passer une année heureuse à Harvard, l'université que nos anciens colons fondèrent dans le Massachusetts au début du XVIIe siècle. L'aura de ce lieu du savoir, vieux de deux cents ans, était-elle différente de celle d'Oxford qui avait trois fois cet âge ? Oui, naturellement; je ne veux pas toutefois minimiser Harvard. Elle a son ancienneté aussi, mais n'en est pas devenue l'esclave.

Des études universitaires étaient mon vœu le plus cher et je souffrais vivement qu'elles soient compromises alors que nous déambulions au crépuscule autour des collèges d'Oxford. Je rêvais d'être accepté dans le sein d'une telle institution. Ce n'était guère un réconfort de savoir qu'Oxford avait expulsé le poète Shelley.

Oxford avait cependant une autre facette. Un membre du clergé anglican, dans une lettre récente au *Times*, faisait observer que dans cette même ville il existait des usines où l'on faisait travailler des enfants. Même à l'*Oxford University Press*, cette prestigieuse maison d'édition qui avait le monopole de l'impression de la Bible, des enfants travaillaient aux presses de six heures du matin à six heures du soir, des enfants de douze à seize ans, avec une heure et demie pour déjeuner, une pour dîner, et une demi-journée le samedi, d'un bout à l'autre de l'année ! Quelle espèce de société tolère de tels maux ? Quelle rationalisation démente empêche la classe dirigeante d'y mettre fin ? Il n'était pas surprenant qu'*Alice aux Pays des Merveilles* se vende si bien. Quand la réalité est vraiment trop sombre, les gens s'évadent dans les fantasmes. Je ne voyais aucune perspective de changement.

Quand nous quittâmes Oxford, la nuit était tombée; nous avions encore plus de six kilomètres à parcourir à pied. Cragwitch Manor était au sud de la ville. C'était une belle demeure du XVIIIe siècle entourée d'un parc, avec de longues allées bordées d'arbres et un étang octogonal. Nous entrâmes dans la propriété par un chemin de gravier, entre des massifs fleuris, conduisant à une impressionnante entrée à colonnes. Au-dessus, il y avait une terrasse dont toutes les fenêtres sauf une étaient fermées par des volets. À celle-là, une lueur vacillante indiquait qu'un feu brûlait à l'intérieur.

Nous avions presque atteint la porte de chêne quand un coup de fusil claqua, qui nous fit courir à l'abri derrière une des colonnes de pierre. Celui qui tirait nous visait.

– Allez-vous-en ! cria une voix bourrue. Sales assassins ! Allez-vous-en. Rame Tep ne m'aura jamais !

À la fenêtre ouverte se tenait un homme que je reconnus : Cragwitch. L'occupant effrayé du manoir portait une robe de chambre sur une chemise de nuit et tenait un pistolet dans une main.

– Hors d'ici, porcs, ou je vous tue !

Il tira encore sur nous.

Holmes se releva et haussa les bras en signe de soumission. Il cria à l'homme terrifié :

– Nous ne vous voulons aucun mal, monsieur. Nous ne sommes pas armés. Nous sommes des amis du regretté Pr Waxflatter. Pouvons-nous entrer ?

Cragwitch remonta sur son nez d'épaisses lunettes et se pencha.

– Oui, je me souviens de vous. Vous m'avez poursuivi à l'enterrement. Pourquoi ? Et pourquoi me traquez-vous maintenant ? Vous êtes deux. Qui est l'autre jeune scélérat ?

– C'est Watson, monsieur, répondit Holmes. Il est parfaitement inoffensif.

J'essayai de ramener Holmes à l'abri. Avec cette arme à feu dans sa main tremblante, Cragwitch était vraiment dangereux. Holmes continua de raisonner avec lui.

– J'ai besoin de votre aide, Mr Cragwitch. Je veux savoir pourquoi Rame Tep vous poursuit et pourquoi les autres sont morts.

Cragwitch réfléchit.

– Allez-vous-en, répéta-t-il mais avec moins d'hostilité. Ça ne vous regarde pas.

– Le professeur était comme un père pour moi, insista Holmes. Je veux traîner ses meurtriers en justice.

Holmes était tellement absorbé par ce dialogue qu'il ne remarqua pas, comme moi, un mouvement dans les buissons. J'avais la désagréable impression que nous n'étions pas seuls. Mais la nécessité de rester à couvert m'empêchait d'aller voir de plus près. Je me dis que ce n'était peut-être qu'un chat.

Cragwitch, cependant, s'était radouci et avait décidé de nous ouvrir. Il n'était plus à la fenêtre. Quand il reparut, ce fut à la porte d'entrée dont il tira laborieusement les verrous. Il n'avait pas lâché son pistolet. Mais il paraissait extrêmement soulagé, comme si l'arrivée, inattendue, de deux collégiens était une heureuse diversion à l'état de siège qu'il avait instauré.

– Entrez et dépêchez-vous, dit-il.

Holmes me dit que nous pouvions quitter notre abri.

– Nous sommes en sécurité maintenant, Watson. Il n'y aura plus de fusillade ce soir.

Mais Cragwitch garda son pistolet pointé vers nous, en nous conduisant au premier, dans son bureau. C'était la pièce que nous avions vue éclairée. Un grand feu, dans une haute cheminée, nous fournit la première chaleur que nous connaissions depuis le début de notre voyage. C'était une flambée suffisante pour éclairer toute la pièce obscure. Nous allâmes y chauffer nos membres transis.

Il y avait de profonds fauteuils de cuir près de la cheminée, de grandes commodes, de lourds buffets et plusieurs tables. Les étagères étaient bourrées de gros volumes – suggérant un intérêt pour les choses militaires –, des mémoires de guerre, des biographies de généraux, etc. Une collection reliée en maroquin s'intitulait *L'histoire de l'Empire ottoman*. Un sujet aride, pensai-je. Cragwitch était maintenant détendu et disposé à être aimable. Il but une généreuse gorgée d'un gobelet plein de whisky. Sur une table près de la fenêtre, il y avait une carafe de cristal et plusieurs verres que l'on n'avait pas lavés. La pièce était celle d'un homme grand et fort; Cragwitch mesurait plus d'un mètre quatre-vingts, il était solide mais peu soigné, et son bureau sentait le moisi, le renfermé. Comme son occupant, cette pièce était négligée.

Je supposai qu'il passait presque toutes ses soirées là, aussi vigilant que le lui permettait le whisky, attendant Rame Tep. Ses yeux fatigués témoignaient de nuits sans sommeil, avant que le lever du jour lui permette de prendre un peu de repos. Mais pourquoi, me demandai-je, avait-il congédié ses domestiques ? Se méfiait-il d'eux aussi ?

Quand nous fûmes un peu remis de notre fatigue, Holmes lui montra la peinture du groupe de fin d'études.

– Nous avons trouvé ceci dans les papiers du professeur, expliqua-t-il.

L'effet, sur Cragwitch, fut extraordinaire.

– Mon Dieu ! s'exclama-t-il. Avons-nous été aussi jeunes ? Il y a des décennies que cela a été peint !

Je crus voir briller des larmes dans ses yeux délavés.

Holmes attendit que le vieux monsieur soit revenu de ses souvenirs, puis il demanda :

– Pouvez-vous nous expliquer sa signification, monsieur ? Ce n'est certainement pas par simple coïncidence que tous ceux qui sont représentés là, à part vous, soient morts récemment de mort subite. Tous, sauf vous, Mr Cragwitch, sont morts.

Cragwitch hocha lentement la tête, posa la peinture et, le verre à la main, se dirigea vers la carafe près de la fenêtre. Il le remplissait quand il eut un petit sursaut. Il porta une main à sa nuque.

– Sales insectes, grommela-t-il. Cette maison a besoin d'un grand nettoyage.

– Voyez-vous, reprit Holmes, je sais comment opère Rame Tep. J'ai traqué ces gens jusqu'à leur temple, dans l'East End de Londres. Mais, monsieur, pourquoi ont-ils choisi pour victimes les personnes de ce groupe ? Pourquoi vous cherchent-ils ? Qu'est-ce que cela signifie ? Est-ce une vengeance ? Pouvez-vous nous le dire ?

Cragwitch but un peu de whisky, l'air méditatif. Puis il regarda fixement Holmes.

– Comment vous appelez-vous ?

– Sherlock Holmes.

– Et moi, Watson, dis-je.

– Eh bien, jeune Mr Holmes et jeune Mr Watson, vous avez pris des risques considérables et découvert beaucoup ! Vous avez fait bien du chemin pour me trouver. Je me sens obligé de vous récompenser en vous racontant mon histoire. Mais je vous avertis que ce qu'elle vous apprendra est dangereux. Rame Tep est une secte impitoyable. Tenez-vous réellement à savoir comment les hommes de ce groupe ont fini aussi effroyablement et pourquoi je vis dans la terreur d'un sort semblable ?

– Je vous en prie, Mr Cragwitch, nous vous écoutons, dit Holmes.

– Très bien.

Mais à peine Cragwitch s'était-il lancé dans son récit que nous fûmes alarmés par des indications d'une imprégnation par un des traits infernaux de Rame Tep. La petite douleur dont il s'était plaint en se servant du whisky avait dû être produite par le projectile d'un fanatique tapi dans le parc, ce qui me fit avouer que j'avais observé du mouvement dans les buissons alors que Holmes essayait de convaincre Cragwitch de nous laisser entrer dans le manoir.

Mais nous n'eûmes pas l'occasion d'explorer plus avant car, à cause du mélange du poison avec la grande quantité d'alcool qu'il avait consommée, Cragwitch devenait terriblement agressif. Nous eûmes toutes les peines du monde à le maîtriser.

Dans ces conditions, son histoire fut assez décousue, pour ainsi dire, tandis que la lucidité alternait avec le délire. C'était un récit dramatique, mais si je devais soumettre le lecteur à sa version, qui manquait de cohérence par moments et à d'autres de continuité, il serait privé de la puissance de cette histoire. J'ai donc choisi de donner dans les chapitres suivants un récit plus détaillé des événements qui expliquent les meurtres de 1870, reconstitués d'après les cahiers de feu Rupert T. Waxflatter sauvés du grenier et parvenus plus tard en notre possession. En attendant, je terminerai la narration de cette navrante soirée au manoir.

La peinture, nous dit Cragwitch, était l'œuvre d'un artiste obscur qui gagnait un peu d'argent en représentant des groupes d'élèves de Brompton, la dernière année de leurs études. Les jeunes gens de ce groupe-ci, dont Cragwitch faisait partie, appartenaient tous à des familles riches et ils étaient tous entrés à l'université. Ils étaient amis et décidèrent, avant d'aller poursuivre leurs études supérieures, de passer quelques mois à voyager en Europe. Mais cette année-là le temps était si peu clément sur le continent qu'ils partirent plus loin, à la recherche de soleil et d'aventures. Noyés sous la pluie sur la Côte d'Azur, ils n'eurent pas plus de chance en Italie et se demandèrent s'ils allaient rentrer tête basse en Angleterre ou s'ils pousseraient jusqu'à Alger, Malte ou peut-être même Le Caire. Ils se décidèrent pour Le Caire.

Ils descendirent jusqu'à Brindisi et y embarquèrent sur un bateau à destination d'Alexandrie, d'où ils se rendirent au Caire par voie de terre. Mais dans la capitale égyptienne, ils ne trouvèrent pas d'hôtels dignes de gentlemen anglais. Après trois horribles nuits dans une hostellerie des plus insalubres, ils louèrent une agréable villa qui devint leur base d'excursions vers les pyramides, dans Le Caire même et du voyage qu'ils se proposaient de faire en remontant le Nil.

Les merveilles de l'Égypte les enchantèrent au point qu'ils conçurent un plan audacieux. À la suite de l'occupation par Napoléon, qui bien que brève avait eu une grande influence, l'Égypte était exposée aux idées et entreprises européennes. Les touristes affluaient, en nombre croissant, mais le pays manquait d'hôtels. Pourquoi ne pas en construire un ? Ils formèrent un consortium et, après avoir obtenu le soutien financier de leurs riches familles, ils engagèrent un architecte. En soudoyant de nombreux hauts fonctionnaires, ils firent approuver leurs plans et, avec l'avantage d'une main-d'œuvre bon marché, ils firent mettre en route les travaux de fondations.

Mais ce qui avait été une excavation industrielle devint une fouille archéologique, car ils découvrirent bientôt qu'ils travaillaient sur un antique cimetière. Les tombes de cinq princesses ayant vécu au Moyen Empire (1785-1580 av. J.-C.) révélèrent des reliques si précieuses que les travaux furent interrompus tandis que ces trésors étaient préparés pour leur transport en Angleterre.

On ne s'étonnera pas qu'ils aient provoqué le ressentiment local. Il y avait eu, depuis longtemps, d'autres pilleurs sans scrupules de l'antique héritage égyptien. À présent, grâce à l'influence des Français et de leurs idéaux révolutionnaires, les Égyptiens avaient beaucoup plus conscience de l'importance de leur culture. De plus, ces tombeaux avaient une signification particulière pour les habitants du village voisin, qui accusaient la société étrangère de profaner des sépultures sacrées. Les esprits s'échauffèrent et les Britanniques comprirent que leur vie était en danger. Ils demandèrent une protection militaire, qui leur fut accordée grâce à des pots-de-vin. Et puis, une nuit, il se passa une chose épouvantable.

– Vous avez été attaqués, dit Holmes à Cragwitch qui se servait encore à boire pour se remettre de ces souvenirs.

– Non. Ils ont été attaqués. Quelques soldats, qui gardaient les étrangers, s'enivrèrent et se prirent de querelle avec les villageois. Des maisons furent incendiées, quelques paysans périrent dans les flammes.

Tout à coup, les traits de Cragwitch grimacèrent, exprimant une terrible douleur. Il se tapa dessus, comme si ses vêtements étaient en feu. Puis il courut à la fenêtre et parut vouloir sauter. Holmes se précipita pour le retenir.

– Au feu ! hurlait Cragwitch. Au feu ! Au secours ! Au feu !

– Écoutez-moi, implora Holmes. Il n'y a pas le feu. Vous vous appelez Chester Cragwitch et vous êtes chez vous à Cragwitch Manor.

– Je suis chez moi à Cragwitch Manor, répéta le vieil homme terrifié. Je m'appelle Chester Cragwitch et je suis chez moi...

Il commença à se calmer. Nous le relachâmes un peu. Il examina ses mains, cherchant des traces de brûlures, mais naturellement il n'y en avait pas.

– C'était effroyablement réel, murmura-t-il. Vraiment très effrayant. Qu'est-ce que je disais ?

– Que le village avait été incendié, lui rappela Holmes.

– Oui, je ne dois pas oublier. Je dois transmettre ces informations. Il est temps que l'on sache tout, dit-il et, plus posément, il reprit son récit. Nous avons eu de la chance de quitter l'Égypte sains et saufs. Nous nous embarquâmes à Alexandrie et arrivâmes en Angleterre deux semaines plus tard. Les frais avaient été énormes. Mon père, à lui seul, avait déboursé plusieurs milliers de livres. Ce qu'il est advenu de cette entreprise, je n'en sais rien, mais plusieurs années après, un hôtel a fini par être construit sur le site, le *Pharaon Palace*. Il a une excellente réputation. En Angleterre, nous allâmes chacun de notre côté. Deux d'entre nous entrèrent à Cambridge, un à Oxford, je crois. J'allai à Sandhurst, naturellement, mais je crois que Hallmark a renoncé à l'université et s'est lancé dans un travail d'assistance sociale dans l'East End. Puis il a fait de la politique, comme vous le savez peut-être. Il était plus ou moins radical, l'imbécile. Le seul membre du groupe avec qui nous gardâmes tous un contact était Waxflatter. Après l'université – je crois que c'était Édimbourg – il est devenu professeur dans notre vieux collège. Il vivait et enseignait à Brompton. Il représentait donc pour nous notre *alma mater*. Nous savions tous où le trouver. Nous lui écrivions tous et, quand j'étais à Londres, j'allais le voir.

– Quel rapport a tout cela avec Rame Tep ? demanda Holmes.

– J'y arrive, répondit Cragwitch avec un peu d'agacement. Un an environ après l'incident, nous reçûmes tous un message fort alarmant. Je peux vous le montrer...

Il alla ouvrir un bureau à cylindre, fouilla dans le désordre et revint vers nous.

– Tenez...

Holmes et moi examinâmes la lettre.

– Vous remarquerez, nous dit Cragwitch, l'en-tête insolite. C'est l'insigne de Rame Tep. Deux serpents...

Alors qu'il prononçait ce dernier mot, il tomba à la renverse dans son fauteuil et poussa un hurlement à vous glacer le sang.

– Ah, mon Dieu ! Un serpent m'attaque ! Il est énorme ! Je dois le tuer !

Sur ce, il bondit vers son bureau, s'empara d'un coupe-papier et s'en servit pour fendre les airs. Mais sa main semblait être contrôlée par une forme invisible, qui retourna la lame contre lui.

– Le serpent encercle mon bras ! cria-t-il. Vile créature ! Mon Dieu, il va me sauter dessus !

Holmes empoigna la main de Cragwitch au dernier moment et s'efforça de lui arracher le coupe-papier. Le vieillard était d'une force stupéfiante et ils roulèrent par terre tous les deux, en se battant pour la possession de l'arme.

– Écoutez ! glapit Holmes. Quel est votre nom ? Où êtes-vous né ?

Lentement, Cragwitch récita l'information demandée et se calma.

– Je m'appelle Chester Cragwitch et je suis né à...

Holmes s'empara du coupe-papier et le lança hors de portée, en me regardant avec soulagement. Cragwitch poursuivait sa récitation monotone.

– Vous avez reçu cette lettre, Mr Cragwitch, dit Holmes en la lui montrant.

– Ah oui, murmura Cragwitch qui paraissait tout à fait remis. Oui, elle était d'un membre de la secte, un vœu de vengeance. L'auteur, si j'ai bien compris, a perdu des membres de sa famille quand les soldats ont incendié le village. La lettre promet que, quel que soit le temps qu'il faudra, ces morts seront vengés et que les corps momifiés des cinq princesses seront symboliquement remplacés. Vous voyez vous-même la signature.

– On dirait *Eh Tar*, dit Holmes, un mot transcrit du phénicien-égyptien qui voudrait dire vengeance.

– Les derniers mots de Waxflatter, dis-je.

– Très astucieux, Watson.

Cependant, Cragwitch regardait Holmes d'un œil effroyablement haineux.

– Sale assassin, s'écria-t-il soudain en se jetant sur lui pour le prendre à la gorge. (Dans son cerveau dérangé, le malheureux confondait Holmes avec son ennemi.) Vous ne m'aurez jamais !

Il s'efforçait d'étrangler Holmes qui me dit d'une voix entrecoupée :

– Watson ! Parlez-lui ! Dites-lui son nom, Watson !

Dans mon affolement, je ne m'en souvenais pas.

– Cragwitch, me souffla Holmes.

– Vous vous appelez Chester Cragwitch et nous sommes en...

De nouveau, le trou noir.

– En 1870, crétin ! haleta avec difficulté Holmes.

– Mr Cragwitch, nous sommes en 1870 et, si vous n'y prenez garde vous allez étrangler Holmes.

Je le vis avec horreur repousser mon ami vers le feu, sans lui lâcher la gorge. Bientôt, Holmes ne fut qu'à deux doigts des flammes; il pouvait à peine respirer, il avait les yeux exorbités. Je bondis sur Cragwitch mais reçus un coup si terrible que je partis à la renverse. Je m'écrasai contre une vitrine pleine de trophées qui se renversèrent sur moi.

Quand je repris connaissance, il me fallut un moment pour comprendre ce que j'avais sous les yeux. Il y avait plusieurs agents de police dans la pièce. Lestrade avait à la main le pistolet de Cragwitch, après avoir assommé le vieux avec la crosse. Holmes, bien que secoué, était indemne. Le plus dépenaillé était Lestrade. Il était pâle et hagard comme s'il relevait de maladie. Il nous expliqua alors sa présence :

– Une de vos fichues épines s'est plantée dans ma main. Les hallucinations ont été horribles. Je voulais me suicider. Il a fallu quatre de mes hommes pour m'empêcher de me pendre. Mais quand tout a été fini, j'ai commencé à étudier votre histoire.

Cragwitch revenait à lui. Avec une certaine dignité, il vint serrer la main de Holmes.

– Vous m'avez probablement sauvé la vie, jeune homme.

Je ne m'étais rien cassé dans ma chute mais j'avais le sentiment d'avoir laissé tomber Holmes.

– Eh bien, messieurs, je dois poursuivre cette enquête. C'est une affaire très singulière. J'ai de nombreuses questions à vous poser, Mr Cragwitch, dit Lestrade, puis il se tourna vers Holmes. Je vous demanderai de partir, avec votre petit camarade rondelet... Ah, au fait, je vous remercie de m'avoir fait démarrer sur cette affaire.

Deux agents nous escortèrent à la porte.

Le jour se levait au-dessus du parc de Cragwitch Manor; le paysage était sans vie et inquiétant. Holmes bouillonnait d'indignation.

– Il me remercie de l'avoir fait démarrer ! Quelle impudence ! J'ai fait tout le travail pour lui, Watson ! Je lui ai donné toutes les pistes !

Je posai sur son épaule une main compatissante.

– Allons, venez, Holmes. Nous avons un long chemin à faire ensemble, mon vieux.

Et nous nous mîmes en marche pour rentrer à Londres.

10

Pendant que nous étions dans l'Oxfordshire, Élisabeth avait bien accompli, dans le grenier de Brompton, la mission que Holmes lui avait confiée. Sachant que Mrs Dribb risquait de décider d'un moment à l'autre d'obéir aux instructions de Rathe et de se débarrasser de tous les papiers du professeur, la jeune fille n'avait eu de cesse de tout trier et de mettre de côté ceux qui indiquaient la direction prise par les recherches de son oncle avant sa mort tragique.

Elle avait pris soin, en particulier, de conserver les spécifications et les croquis relatifs à ce qui l'avait intéressé toute sa vie, au point de devenir une obsession, à savoir la possibilité pour l'homme de voler dans les airs. Et bien que le prototype de l'ornithoptère, qui avait été si près de pouvoir rester en vol pendant quelque temps, eût été reconstruit et fût sur le toit, quelques petits éléments et pièces détachées jonchaient encore le grenier. Élisabeth les avait rassemblés et recouverts d'un drap.

Elle avait eu la bonne idée de ranger les documents et les croquis dans mon casier, le seul endroit sûr qui lui était venu à l'idée puisque Holmes n'en avait plus; et elle n'avait pas omis, heureusement, les cahiers dont j'ai parlé, qui allaient me permettre de reconstituer et de relater d'une manière plus détaillée les événements de cette année fatale que les jeunes diplômés de Brompton passèrent en Égypte, avec les tragiques conséquences que l'on sait.

Visiter l'Égypte aujourd'hui, c'est une autre affaire qu'au temps où Waxflatter et ses amis débarquèrent à Alexandrie sans la moindre expérience des coutumes orientales, aucune tenue adaptée au climat, aucun projet particulier et s'attendant simplement à tous les raffinements du confort qu'ils trouvaient tout naturels dans les villégiatures et villes d'eaux d'Europe. Aujourd'hui, bien entendu, nous avons notre Baedeker pour nous préparer et nous guider, la commodité de chemins de fer (de construction britannique, je suis fier de le signaler) et des hôtels où le voyageur bénéficie d'un service de première classe. On n'a pas besoin non plus de renoncer à la cuisine anglaise car je me suis laissé dire que le pudding de steak et de rognons servi tous les vendredis au *Turf Club* du Caire est tout à fait délectable. En somme, toutes les aménités qu'un climat étranger rend nécessaires sont à la disposition du voyageur dans l'Égypte d'aujourd'hui.

Ce n'était pas le cas en 1812, quand au mois de juillet nos intrépides Bromptoniens arrivèrent là par pur hasard, semble-t-il, puisque leur premier but était simplement de tourner le dos au mauvais temps qui les avait accablés en Europe.

Le journal de Waxflatter offre quelques révélations sur le choc culturel. Le jour de leur arrivée, après un voyage fatigant dans la chaleur et la poussière du delta, il écrivit : « Tout est très oriental et très bizarre. Tout à fait irréel.

Notre hôtel est abominable et empeste comme un cloaque. Dans la cour sur laquelle donnent nos diverses chambres, les déchets ménagers et humains s'écoulent en flots nauséabonds que les efforts des serviteurs, individus ensommeillés en djellaba et tarbouche, ne parviennent pas à laver avec des pichets d'eau. Ce matin au petit déjeuner, j'ai eu le désagréable soupçon que l'homme qui nous apporta un café épais, presque uniquement du marc, venait tout juste d'une de ces opérations de nettoyage sans même s'être lavé les mains ! »

Cet endroit insalubre était tout ce qu'ils avaient pu trouver, en arrivant si tard la nuit précédente, sans avoir réservé de chambres. Waxflatter exprimait la crainte qu'ils allaient tous attraper le choléra avant même d'avoir vu une pyramide. Il alla jusqu'à qualifier l'expédition de « stupide et inconsidérée » et s'en prit à Hallmark, le plus jeune du groupe, qui en avait eu apparemment l'idée, « un incorrigible romantique, entièrement sous l'influence de Byron ».

Mais, le même jour, il donne un avant-goût de la faculté de ce pays à séduire le plus rétif des visiteurs : « Une autre fenêtre de ma chambre donne sur un jardin, où je viens de voir une dame voilée marcher au milieu d'un nuage de pigeons. La matinée est chaude et de solennels corbeaux noirs croassent d'une voix méditative dans les plus hautes branches des arbres. Il y a aussi des dattiers aux grappes marron et ambre et d'un lointain minaret me parvient un cri plaintif, avertissant de l'insubstantialité de la vie. »

En fait, chaque visiteur serait affecté, avec le temps et chacun à sa façon, par le charme de ce pays que l'on avait appelé « la Mère du Monde ». Quelle terre aurait plus le droit à ce titre ?

La stupéfiante contribution de l'Égypte à notre civilisation est reconnue par les érudits et les voyageurs depuis Hérodote. Il y a cinq mille ans, le miracle de l'Égypte commençait avec l'Ancien Empire des premiers pharaons, qui avaient le rang de dieux et jouissaient d'un pouvoir illimité. La cohésion fournie par une telle autocratie permit à la civilisation de se développer et elle devint si intellectuellement et techniquement avancée qu'elle légua au monde l'art de l'écriture (au moyen des hiéroglyphes), une division rationnelle du temps, des soins et des méthodes de guérison acceptables par la médecine d'aujourd'hui ainsi que des idées morales, métaphysiques et religieuses dont le thème central de « Dieu dans l'Homme » a été repris par les grandes religions du monde.

La preuve de tout cela éclate dans les papyrus retrouvés dans les tombeaux, dont les textes nous apportent le moyen de reconstituer la vie quotidienne et la culture de cette lointaine période, tandis que les monuments et sanctuaires sont des tributs à ce besoin inné d'immortalité de l'homme. Incidemment, le secret de l'écriture égyptienne, perdu depuis le VIe siècle, n'était pas encore révélé quand Waxflatter et ses amis y étaient, mais un de leurs contemporains, un Français nommé Jean-François Champollion, n'allait pas tarder à le découvrir en nous permettant de mieux connaître le miracle égyptien. « L'histoire de l'humanité, écrit Pline l'Ancien en l'an 70, se trouve dans les papyrus. » Et les outils des scribes égyptiens étaient les prototypes de notre papier et de nos plumes.

Quand la grande période du pouvoir pharaonique déclina, diverses conquêtes successives apportèrent leur contribution à l'histoire de l'Égypte. Elles commencèrent avec la défaite des Perses, par Alexandre le Grand, qui ouvrit la grande période de l'hellénisation. Après que Cléopâtre se fut suicidée à Alexandrie, le pays tomba entre les mains d'Auguste et fit partie pendant six siècles de l'Empire romain, jusqu'à la conquête arabe au VIe siècle. Puis il y eut la conquête de Saladin, dont la dynastie allait régner sur l'Égypte pendant six nouveaux siècles, dans toute sa splendeur et sa dépravation. Les périodes des sultans mamelouks et de l'occupation ottomane suivirent, et durèrent jusqu'à la fin du XVIIIe siècle. Le règne ottoman fut bien près d'anéantir la fierté et l'identité de l'Égypte. Son peuple perdit le sens de son héritage dans le climat de corruption et de cruauté de ses maîtres turcs. Exploités, écrasés d'impôts, les fellahs perdirent confiance et courage jusqu'à ce que, en 1798, un événement survienne pour les réveiller, leur rendre le sens de l'histoire et de la nationalité : Bonaparte débarqua à Aboukir.

Les Français amenaient avec eux des savants dont la mission était d'inspecter et d'examiner les pyramides, les obélisques et autres souvenirs de l'époque des pharaons. Ils résumèrent un tableau détaillé de l'Égypte en dix remarquables volumes, décrivant le pays tel qu'il leur apparut au cours d'une occupation qui serait brève mais influente, et retracèrent son histoire depuis les débuts de l'antique civilisation.

Napoléon, qui avait trente-quatre ans, nota lui-même ses impressions du Caire : « La population du Caire est considérable, estimée à 210 000 habitants. Les maisons sont très hautes et les rues volontairement étroites afin d'être protégées du soleil. Pour la même raison les bazars, ou marchés publics, sont recouverts d'auvents. Les beys ont de très beaux palais d'une architecture orientale ressemblant plus à ceux de l'Inde qu'aux nôtres. Les cheikhs ont aussi de très belles maisons.

» Les okels sont de grands bâtiments carrés avec de très vastes cours intérieures, contenant des corporations entières de marchands. Ainsi, il y a l'okel de Scurrice, l'okel des marchands de Suez et de Syrie. À l'extérieur, sur la rue, ils ont une petite boutique de dix ou douze pieds carrés, où se tient le marchand avec des échantillons de ses marchandises.

» Le Caire contient une multitude des plus belles mosquées du monde; les minarets sont riches et nombreux. En général, les mosquées servent de logement aux pèlerins, qui y dorment; certaines vont jusqu'à en contenir trois mille. La mosquée de Jemilazer (aujourd'hui la mosquée universitaire d'Al Azhar) serait, dit-on, la plus grande de l'Orient.

» Ces mosquées ont habituellement des cours, dont le pourtour est délimité par d'énormes colonnes soutenant des terrasses; à l'intérieur, on trouve plusieurs bassins et réservoirs d'eau pour boire et se laver. Dans un quartier appelé le Franks, il y a quelques familles européennes; on y voit un certain nombre de maisons telles qu'un marchand gagnant trente mille à quarante mille livres par an en aurait une en Europe. Elles sont meublées dans le style européen avec des chaises et des lits. Il y a des églises chrétiennes pour les coptes, des couvents pour les catholiques syriens. Il y a un grand nombre d'établissements où les clients consomment du café, des sorbets ou de l'opium et s'entretiennent des affaires publiques. »

Parmi les coutumes que le commandant en

chef français ne pouvait approuver, il y avait l'achat et la vente d'esclaves, des garçons d'un âge tendre vendus aux beys par des marchands qui les achetaient en Circassie et en Afrique. Après avoir visité un de ces marchés aux esclaves où se pressaient des pachas, des vizirs, des sultans et des beys, devant qui l'on faisait défiler les garçons tout nus, Bonaparte se dit que les Égyptiens seraient très longs à comprendre que les soldats qu'il commandait n'étaient pas ses esclaves.

Tel était donc Le Caire que nos voyageurs découvrirent pendant leur séjour en Égypte, une dizaine d'années plus tard. Et ce fut d'ailleurs dans une de ces maisons du quartier européen qu'ils s'installèrent, après l'inconfort de l'hostellerie. Il convient de signaler au passage que le héros de la France révolutionnaire, après son entrée au Caire, s'installa dans le plus somptueux des palais des Mamelouks, le palais d'Effy Bey à Ezbekieh qui devint bien plus tard le site du célèbre *Shepheard's Hotel*, car ce fut là que le consortium juvénile commença les travaux d'un hôtel moderne, qui devaient avoir de si graves conséquences.

Waxflatter ne tarda pas à se plonger dans l'histoire égyptienne. Son journal révèle son intérêt croissant; plus il visitait les anciens lieux de sépulture, plus il était stupéfait du génie technique et créateur de cette antique période. Il respectait également les Français (une attitude impopulaire pour un Britannique, en ce temps-là) de tenter de transformer un pays livré au brigandage, au désordre administratif et aux épidémies en une nation éclairée par les idées européennes mais cependant consciente de son inégalable passé.

« Plus je lisais des pages sur l'ambition de

Bonaparte pour ce pays, mieux je m'apercevais qu'il avait eu d'excellentes idées pendant ses trois ans de domination. Même s'il rêvait d'un Empire d'Orient français, il semble avoir réellement eu à cœur le bien-être de l'Égypte. Il construisit des routes, traça les plans de boulevards et d'avenues sur le modèle parisien. Il se rendit aux cérémonies officielles en longue robe égyptienne et assista aux prières musulmanes. Quel destin pervers a voulu qu'il soit chassé par les Britanniques après un aussi bref séjour ! Maintenant, nous apprenons qu'il a atteint son nadir cette année même devant Moscou, vaincu par l'hiver russe. »

Mais les Britanniques ne restèrent pas longtemps non plus en Égypte, au début du XIXe siècle. Quand ils rembarquèrent, ils laissèrent un jeune Albanais de l'armée ottomane manœuvrer pour se hisser au pouvoir et créer une renaissance égyptienne moderne. Il s'appelait Mohammed Ali; c'était lui qui régnait sur l'Égypte quand nos jeunes voyageurs s'installèrent au Caire.

Le journal de Waxflatter décrit une visite qu'il fit seul, de nuit, au grand Sphinx. Partant à dos d'âne pour Guizèh, il croisa des groupes de touristes qui revenaient avec leur guide d'une journée de découvertes. Les Européens, incongrus sur leurs dromadaires, le considéraient avec curiosité car c'était fort excentrique d'aller là-bas à la nuit tombante, sinon dangereux. Il y avait des bandits sur les routes. Bobster l'avait jugé fou de ne pas participer à une excursion organisée, comme l'avaient fait les autres et, de tout le groupe, seul Hallmark demanda à l'accompagner. Il refusa. Il voulait être seul pour voir après les dernières lueurs du crépuscule la gigantesque silhouette du Sphinx accroupi, impérieux, indéchiffrable gardien des pyramides au nord. Aussi, tandis que la beauté surnaturelle d'un coucher de soleil égyptien transformait le sable et le ciel, il poursuivit son chemin. Un passage de son journal révèle qu'il fut récompensé de son audace par de riches impressions métaphysiques.

« On dit que le grand Sphinx recèle un secret; et j'étais sûr qu'il me serait plus probablement révélé dans le silence de la nuit qu'à une foule de touristes prenant des croquis. Ce lion millénaire à tête humaine est une énigme pour les Égyptiens eux-mêmes comme pour le monde entier. Nul ne sait qui l'a construit ni quand. Même les égyptologues ne peuvent que hasarder des hypothèses sur son histoire et sa signification. Cependant, ses yeux de pierre ont contemplé pendant des millénaires la cupidité et la folie humaines.

» Je restai pétrifié, seul mais jamais solitaire car j'avais l'impression que tous les dieux de l'Égypte – Râ, Horus, Isis, Osiris, Anubis – s'étaient rassemblés là pour participer à ma veille. Même la Cité des Morts, sur le plateau rocheux cerné de sable sur trois côtés, où sont ensevelis des rois, des prêtres et des aristocrates, avait l'air, dans l'obscurité, d'une ville animée, avec ses salles de sépulture, ses chapelles mortuaires et ses chambres de prêtres. Les dunes de sable qui la recouvraient en partie ressemblaient, au clair de lune, aux vagues d'un grand océan. Peut-être, comme d'aucuns ont tenté de le prouver, est-ce là le site d'Atlantis, la ville engloutie par la mer. »

Lors de cette expédition, et d'autres qu'il fit seul, les yeux juvéniles de Waxflatter contemplèrent le don le plus éternel que l'Égypte a fait à l'Occident : le mysticisme de son antiquité.

Je cite encore une fois son journal :

« La solution de l'énigme du Sphinx pourrait bien être que sa mission est de chasser les mauvais esprits des tombeaux. D'après cette hypothèse, il serait un emblème de Khepara, le dieu de l'immortalité. Les bédouins du village voisin de Guizèh le croient. Ils affirment que les fantômes des habitants de la Cité des Morts hantent la région à la nuit tombée.

» Mais le Sphinx, en dépit des pouvoirs qu'on lui prête, n'a pu empêcher le pillage et la profanation des trésors sacrés dont il aurait eu la garde. À part les tombeaux qui n'ont pas encore fait l'objet de fouilles, et grâce à Dieu il en reste beaucoup, on n'en trouve guère qu'un seul où les lourds couvercles des sarcophages n'aient pas été laborieusement écartés par des voleurs qui ont emporté les bijoux et les précieux ornements qu'ils contenaient.

» J'apprends que le pillage des tombes a commencé déjà aux temps pharaoniques quand, alors que déclinait la puissance des pharaons, le peuple se souleva, furieux des frais exorbitants et de l'ostentation des pratiques funéraires de leurs souverains, qu'il payait, lui, de son dur travail. Tous les gouvernements, me semble-t-il, finissent par s'écrouler quand ils exploitent le peuple au-delà du supportable, bien qu'il faille parfois un temps considérable. »

On comprend le souci de Waxflatter. Ces preuves de profanation choquaient un jeune homme aussi studieux. Au fil des siècles, ces tombeaux avaient été pillés par des Grecs, des Romains, des Arabes. Les Romains emportèrent des obélisques et de grandes statues, pour orner leurs villes et les palais des empereurs; de futurs maîtres impériaux agiraient de même. En Égypte même, des villes nouvelles étaient construites avec les restes des cités de l'antiquité, par des entrepreneurs que n'intéressait pas leur valeur historique pour l'humanité. De riches marchands du Caire emportèrent des bas-reliefs et des reliques des sépultures pour décorer leurs demeures.

« J'apprends, écrivait Waxflatter, qu'aujourd'hui encore Mohammed Ali prend les matériaux pour la construction de ses nouvelles usines – raffineries de sucre et filatures – aux temples d'Éléphantine et d'Armant. J'ai été choqué d'apprendre que la Pierre de Rosette, qui se révélera peut-être la clef de l'interprétation des hiéroglyphes, a bien failli être perdue pour la postérité. Elle a été découverte tout à fait par hasard, par un soldat français, alors que son détachement charriait des pierres pour renforcer les défenses françaises contre les Britanniques. Le soldat la prit pour un quelconque fragment de maçonnerie mais un des savants l'examina. Malgré cela, elle fut enlevée à l'Égypte, finalement, et par les Britanniques ! Nous aurions marchandé avec les Français, pour l'obtenir. Elle est aujourd'hui au British Museum. »

Un autre jour, il déplore que le Sphinx lui-même ait servi de cible pour l'entraînement au tir d'armées successives.

Au cours de ses excursions, Waxflatter constata par lui-même que l'enlèvement des trésors continuait, sur une grande échelle. La politique d'« européanisation » de Mohammed Ali rendait l'Égypte plus accessible non seulement aux techniciens et négociants étrangers mais à toutes sortes de trafiquants. Les consulats britannique, français, italien, et allemand du Caire employaient des réseaux d'agents, pour parcourir le pays à la recherche de papyrus, d'œuvres d'art à expédier aux salles des ventes et musées de leurs pays respectifs. Avec le temps, Mohammed Ali finirait par restreindre ce commerce illégal. En attendant, pratiquement tous les sites de sépulture étaient jonchés de fragments de poteries, jetées et brisées lors de la recherche de plus riches objets. Des tablettes d'hiéroglyphes étaient saccagées par ignorance, des sarcophages cassés et tout leur contenu volé, à l'exception des restes momifiés des entrailles de leurs occupants.

Et maintenant, un nouveau danger menaçait, sous la forme des touristes européens. Leur passion pour la chasse aux souvenirs provoquait une nouvelle espèce de pillage, alors qu'ils fouillaient dans le sable et parmi les sépultures déjà profanées. « C'est comme si l'âme de l'Égypte était violée, son antique sagesse souillée », écrivait le sensible Waxflatter.

11

Les preuves ne manquent pas dans les cahiers de Waxflatter pour indiquer que les graines de sa future créativité furent semées pendant cette année égyptienne.

« Qui, je me demande, écrivait-il, a fabriqué le premier cette solution de noir de fumée, de gomme et d'eau pour faire de l'encre ? Pensons à la recherche qu'il a fallu pour aboutir à leur science des poids et mesures ! Et quelle laborieuse observation du ciel a dû être entreprise, pour créer l'unique calendrier rationnel que l'humanité ait jamais eu ! »

Waxflatter savait que l'Angleterre était en pleine révolution industrielle et que son influence dans le monde ne cessait de croître, mais ce qui avait été accompli par les dynasties égyptiennes lui permettait de placer cela dans une meilleure perspective. « Chez nous, on en vient à croire que Dieu nous a donné pour mission de " civiliser " les peuples moins avancés, dans le monde entier, et pourtant nous manifestons peu de respect pour les civilisations du passé. Nous appelons primitif ce que nous ne comprenons pas et impies les religions qui ont précédé la nôtre. Je pense que c'est là une arrogance dans laquelle nous ne devrions pas persister, même si l'Empire britannique durait mille ans. »

Ce qui allait devenir l'intérêt de toute une vie pour l'aviation peut fort bien être né de l'étude des légendes des pharaons ailés. Ils sont même antérieurs au mythe d'Icare, qui vola si près du soleil que ses ailes fondirent.

« Il serait surprenant, écrit-il, que ces adorateurs du soleil et des étoiles n'aient pas aspiré à se rapprocher des sources de leur inspiration. »

Un autre membre du groupe était profondément influencé par l'Égypte : Oscar Hallmark. Ce n'était pas l'antique héritage mais l'actuelle misère du peuple qui le touchait. L'inégalité régnait partout. Les fellahin travaillaient pour des salaires de famine dans le delta surpeuplé et la saleté innommable des villes était effrayante. Le jeune idéaliste en était accablé. « C'était un réformateur-né, écrivit Waxflatter. Il veut faire quelque chose pour ces gens. On ne peut pas boire tranquillement un café avec lui sans qu'il fasse une réflexion sur ce triste état de choses. Je lui ai dit que charité bien ordonnée commence par soi-même et qu'il y avait bien des injustices à réparer en Angleterre. Je pense qu'il a bien pris ma remarque mais j'aimerais vraiment qu'il s'amuse davantage.

» C'est un curieux garçon et je soupçonne qu'il commence à déplaire à Bobster et Cragwitch. Bobster n'a que faire de sa sensiblerie et affirme que la main-d'œuvre bon marché est essentielle à la fois à une économie prospère comme celle de l'Angleterre et à un pays comme l'Égypte qui cherche à se développer. Bobster est un réaliste, bien sûr.

» Cragwitch, d'autre part, se moque de l'idéalisme de Hallmark. Il lui dit que le mieux, pour l'Égypte, c'est un protectorat britannique, parce que nous savons gouverner. Cragwitch, au fait, écrit une thèse sur les défenses militaires de l'Égypte et la nouvelle armée créée par Mohammed Ali. Hallmark me fait de la peine. »

Oscar Hallmark était le fils d'un riche Bristolien qui avait fait fortune dans le commerce des esclaves. La connaissance de la source des richesses familiales avait donné au jeune homme une conscience révoltée et brûlant du désir d'effacer cette honte. Waxflatter ne doutait pas que l'avenir d'Oscar fût dans la politique.

Les raisons ne manquaient pas pour justifier sa colère. Le Caire cosmopolite confirmait sa certitude que sous le règne de Mohammed Ali, le premier souverain depuis six cents ans à gouverner pour ainsi dire indépendamment de Constantinople, le menu peuple restait asservi. Il était particulièrement ému par ce qu'il voyait en se promenant parmi la foule égyptienne et européenne qui déferlait dans les rues bruyantes de la ville.

Il y avait des Syriens en pantalons bouffants, des Grecs en tunique blanche, des bédouins basanés, des Abyssins noir-bleu, des prêtres arméniens et tous les fellahin pauvres, pieds nus, avec leur petite calotte et leur chemise en loques. On voyait des barouches transportant des Européens rieurs ou de riches marchands égyptiens sur de beaux chevaux arabes. Des valets indigènes les précédaient, à pied. Aucun personnage important ne se déplaçait sans une nuée de ces valets courant devant eux. Hallmark en parla à Waxflatter. Ils mourraient jeunes. Ce métier les tuait. Pour Hallmark, c'était inhumain.

Il se désolait aussi de la situation des femmes. Elles étaient encore loin d'être indépendantes. Tout ce qu'il voyait, par la fente de leurs voiles, c'était des yeux qui se détournaient en croisant son regard. La tradition du harem était atroce, la natalité effrayante.

Dans les provinces, les conditions étaient pires encore. Mohammed Ali avait besoin d'argent pour ses grands programmes d'industrialisation et d'irrigation et employait des contremaîtres brutaux pour soutirer toujours davantage d'impôts aux fellahin. Quand un travailleur tardait à payer, ces « oumads » le pressaient de fuir le village et s'emparaient promptement de sa terre.

Mohammed levait aussi une armée par recrutement forcé, pour des campagnes en Arabie et au Soudan. Des villageois étaient poussés, enchaînés, dans des casernes où beaucoup mouraient. Plutôt que de laisser l'armée enlever leurs fils, de nombreuses familles les mutilaient et l'on voyait ces malheureux estropiés mendier dans les rues du Caire et d'Alexandrie. Des esclaves étaient amenés par la frontière méridionale et enfermés comme du bétail dans des camps de travail, où ils mouraient par milliers. Ceux qui survivaient valaient trente livres égyptiennes sur le marché du Caire.

Alors que l'ambitieux monarque tentait de transformer son pays, de faire d'une province de l'Empire ottoman agonisant un pays indépendant avec des possessions à lui, c'était pour les fellahin une époque de brutalité écœurante; ils attendaient en souffrant.

Ce n'était pourtant pas le tableau que Bentley Bobster aurait brossé. Il trouvait parfaitement logique qu'un pays arriéré comptât sur les ressources de la main-d'œuvre bon marché, s'il voulait se lancer dans le XIXe siècle. Il était irrité par ceux qui ne le comprenaient pas, tout comme il ne pouvait supporter les radicaux en Angleterre, les « petits anglais » qui créaient des difficultés à ceux qui croyaient au progrès et à une politique d'expansion impérialiste. Bobster avait la bosse des affaires et estimait que la situation de l'Égypte offrait une occasion en or d'être le premier dans un domaine particulier.

Entre les Jardins d'Ezbekiah et le Nil, il y avait près de trois kilomètres de terres à l'abandon, à cinquante kilomètres à peine des pyramides de Guizèh. Ce fut Bobster qui eut l'idée d'un hôtel de style européen, construit là pour recevoir le flot sans cesse croissant de touristes attirés par l'Égypte. Car même si ces voyageurs venaient s'émerveiller devant les Pyramides et s'interroger sur le mystère du Sphinx, ils avaient besoin d'hygiène et de bons services, de profondes baignoires d'émail et de tout le confort européen, dans un pays où à la saison du khamsin – le vent brûlant du désert – l'air devenait irrespirable. De plus, Le Caire était sur la route terrestre des Indes; un hôtel moderne serait profitable à la fois au commerce et au tourisme.

Naturellement, il avait déjà été question d'un canal, pour relier la Méditerranée à la mer Rouge. Si un tel projet voyait le jour, il permettrait aux voyageurs à destination de l'Inde d'éviter Le Caire, mais Bobster jugeait cette réalisation bien improbable. Les diverses nations concernées ne se mettraient jamais d'accord; tel avait été le cas quand l'imagination de Napoléon s'était enflammée pour cette idée : les Britanniques s'y opposèrent. Bobster était certain que la circulation continuerait de passer par Le Caire en dépit de la période de quarantaine obligatoire à l'arrivée à Alexandrie.

L'idée d'un canal n'avait rien de nouveau. En travers de l'isthme de Suez, les pharaons en avaient construit un, reliant la vallée du Nil et Memphis à la mer Rouge. Il dura mille ans, avant d'être envahi par les alluvions. Les Perses le creusèrent de nouveau et Hérodote rapporte qu'il fallait quatre jours de voyage pour le longer d'un bout à l'autre. Les Romains creusèrent un canal plus direct rejoignant le Nil, tout près du Caire. Après la conquête arabe une proposition pour une nouvelle liaison fut abandonnée, sous prétexte de sécurité nationale, et pour la même raison les souverains ottomans rejetèrent un projet semblable proposé par les Vénitiens.

Il y avait peu d'espoir pour un nouveau canal, pensait Bobster, puisque les Britanniques y étaient tellement opposés. La Grande-Bretagne craignait qu'il n'attire d'autres nations ambitieuses vers ses possessions des Indes. Le projet de Bobster, d'un hôtel à Ezbekiah, était donc tout à fait valable.

Quand il en parla à Waxflatter, ce dernier ne fut pas du tout enthousiaste. « Il y a une oasis en bordure du site, et une tribu de bédouins vraiment féroces y campe de temps en temps, écrivit-il dans son journal. Ils supporteront mal d'être dérangés, bien que le gouvernement arrangerait sans doute les choses s'il sentait dans l'air des devises étrangères. »

Bobster prit des contacts dans les milieux gouvernementaux et il confia son projet à de jeunes hommes d'affaires, surtout des Grecs et des Levantins à la recherche de débouchés et de profit; Le Caire en était plein. L'idée de Bobster, c'était de former un consortium avec ses amis anglais, financé par leurs pères, et une fois l'entreprise sur pied ils en laisseraient l'administration à un groupe local. « Si nous devons obtenir de l'argent de nos pères, commenta ironiquement Waxflatter, ce sera le diable et son train de persuader le mien. Tous ses investissements sont aux Indes. Je ne crois pas que cette idée lui plairait. »

Cragwitch était favorable au projet de Bobster. Ils pensaient que Hallmark se laisserait fléchir, quand on lui dirait que ça créerait des emplois. Il restait Duncan Nesbit. Mais Nesbit était pris dans un autre dilemme.

Ce fils d'un vicaire du Yorkshire était tombé amoureux d'une jeune fille anglo-égyptienne qui vivait à Tanta, une ville cotonnière du delta. Son père était un planteur de coton anglais; elle avait perdu sa mère, qui était égyptienne. Cela avait été le coup de foudre entre la beauté de dix-sept ans aux yeux d'ambre et le jeune Anglais timide. Nesbit, qui avait deux ans de plus, était infiniment moins endurci aux vicissitudes de la vie, ayant passé une enfance protégée dans la respectable ville d'eaux de Harrogate et ses quelques années à Brompton n'étaient certainement pas faites pour le préparer à un roman d'amour en Orient. Nazli, elle, possédait un fatalisme musulman qui l'avait soutenue dans son épreuve, pendant la maladie et la mort de sa mère, qu'elle avait supportées avec une égalité d'humeur rarement donnée aux peuples de sociétés plus raffinées.

Sa religion lui enseignait à se soumettre, à se résigner, à accepter dans la paix tout ce qu'offrait la vie, ce qui lui était bien facile dans le cas de Duncan. Car elle aimait ce garçon au caractère doux, aux cheveux couleur de sable et aux yeux bleus candides. Il venait du pays de son père. Elle avait entendu parler de Londres, elle avait vu des images des grands bâtiments; elle ne savait rien de Harrogate mais supposait qu'il y avait là aussi de grandioses monuments. Oui, elle épouserait le beau Duncan s'il la demandait en mariage. Et un soir où le crépuscule du delta assombrissait la véranda, chez son père, ce fut ce qu'il fit. « Nous avons été tout à fait abasourdis quand il nous l'a annoncé, rappelle Waxflatter dans son journal. Nous pensions qu'il serait le dernier à se fiancer. Après tout, il va être ordonné. »

Mais des influences autres que son attachement pour Nazli modifiaient l'esprit de Nesbit. L'influence de l'Orient avait semé dans son esprit le doute que l'Angleterre chrétienne détînt le monopole des vertus qu'elle prétendait lui appartenir en propre. « Tu n'auras pas d'autre dieu devant ma face », affirmait l'Ancien Testament, mais il devenait clair, pour le jeune Anglais, que dans d'autres temps et sous d'autres cieux, des hommes avaient recherché les valeurs morales tout en adorant une panoplie de dieux. Tout égarés qu'ils fussent, ils s'étaient efforcés de trouver le salut, un soutien moral, des réponses à leurs questions sur la signification de l'existence aussi passionnément que les dévots de l'Église chrétienne contemporaine.

Naturellement, étant donné son intérêt pour la théologie, l'essentiel de ses études pendant son séjour en Égypte se porta sur les anciennes religions égyptiennes et leurs dieux multiples. Elles remontaient à la préhistoire, au temps où des dieux et des déesses sous une forme animale étaient les divinités des tribus, lorsque fut commencée la culture de la terre dans le delta. Le chat, le singe, le vautour, le faucon, l'ibis, le hibou faisaient partie des créatures qu'elles adoraient.

À mesure que les tribus se rassemblaient en

villages puis formaient des villes, beaucoup de ces dieux furent réincarnés en un seul Tout-Puissant et l'idée d'un Dieu universel émergea, avec le soleil comme Créateur.

Le concept est enchâssé dans les anciens Livres de Sagesse égyptiens, aussi vieux que les Pyramides. Le sujet de ces textes est le chemin de la vie, La Voie. Ils affirment que les hommes sont créés égaux et ils enseignent une morale. Pour la première fois, Dieu n'est pas blâmé pour les maux de l'homme; l'homme lui-même est responsable de ses péchés.

Ainsi l'Égypte fournit la première notion de monothéisme, l'idée d'une divinité transcendante, toute-puissante, le concept de Dieu en l'homme. Le sentiment du péché, le besoin de repentir et la rédemption étaient à la base de cette théologie.

Nesbit s'aperçut que le Livre des Proverbes, de la Bible, avait beaucoup de points communs avec cette antique collection de préceptes égyptiens, que l'Hymne au Soleil, écrit au cours du premier millénaire avant Jésus-Christ, avait pu inspirer les psalmistes chrétiens. Il y avait bien d'autres exemples de la dette du christianisme envers la théologie de ses prédécesseurs égyptiens. Cependant, par une incroyable généralisation autoritaire, la propre Eglise de Nesbit prêchait que toutes les autres religions étaient impies. Cela le bouleversait autant que ses fiançailles avec Nazli bouleversèrent son père.

Des lettres implorèrent le jeune homme, qui par nature était conservateur et réservé, de réfléchir, de prendre en considération les sentiments de sa famille. L'Angleterre avait beaucoup à offrir, lui rappelait son père, et Duncan était trop jeune pour savoir ce qu'il voulait. D'ailleurs, ce serait injuste d'amener une jeune Égyptienne, même de père anglais, dans la société de Harrogate qui serait extrêmement lente à l'accepter. Il y avait de merveilleuses jeunes filles chez eux; et il devait songer à ses études. Le père de Duncan le supplia de prendre tout son temps avant de se marier. Ayant du mal à résoudre seul son conflit moral, Nesbit se confia aux membres du groupe qu'il respectait le plus.

« Il est très vulnérable aux critiques qu'il reçoit de son père, écrivit Waxflatter. Il aurait été bien plus avisé de garder le secret un moment. Je crois qu'il a même écrit à son père pour lui parler de notre projet d'hôtel. Le vicaire condamne aussi cela. Je pense qu'il veut simplement que son fils quitte Tanta et rentre à la maison. Il n'y a pas d'argent du côté de son père; c'est apparemment la mère qui a la fortune. Si Nesbit entre dans le groupe de Bobster, où va-t-il trouver l'argent ? »

Mais Nesbit entra bien dans le consortium. S'il ne pouvait emmener Nazli en Angleterre sans créer un malaise, alors il lui faudrait rester en Égypte et pour cela il aurait besoin d'une source de revenus. Il en parla à Nazli. Elle en parla à son tour à son père. Et quand Nesbit entra dans le consortium, ce fut avec le soutien financier du père de Nazli.

Il restait donc deux indécis, Hallmark et Waxflatter, mais comme l'avait prédit Cragwitch, le premier se laissa persuader que l'entreprise apporterait du travail à la région et une prospérité à quelques-uns des malheureux fellahin. C'était pour Hallmark un aiguillon puissant. Quel meilleur moyen y avait-il de rendre des biens mal acquis aux exploités et aux opprimés ? C'était naïf, bien entendu, mais ni Bobster ni Cragwitch ne jugèrent bon de le dissuader. Il se joignit donc au groupe, seul restait Waxflatter. Comment il se décida, et avec quel résultat, il le rapporte dans son journal.

« Aujourd'hui, aussitôt après déjeuner, Bobster nous a tous rassemblés pour une conférence. Hallmark nous a plutôt choqués en arrivant revêtu d'une robe arabe et coiffé d'un fez enturbanné. Cragwitch était particulièrement irrité et a marmonné je ne sais quoi sur Oscar qui devenait un pur indigène. Nesbit est venu de Tanta, l'air assez content de lui. Bref, l'objet de la réunion était le projet d'hôtel; il semblait que pour une raison ou pour une autre ils fussent tous assez enthousiastes. Ils voulaient savoir si j'étais résolu aussi. Ma foi, j'ai demandé encore un peu de temps pour prendre une décision. J'y ai beaucoup réfléchi, naturellement, et il y avait du pour et du contre. Sans être un homme d'affaires, je vois que les temps se prêtent à la création d'un hôtel sur ce site. Mais est-ce que je veux m'embarquer dans une telle entreprise ? Me donner ce mal ? Pour moi, c'est toute la question. »

Quelques jours plus tard, Bobster exigea impatiemment une réponse. Il en reçut une étonnante : Waxflatter avait décidé d'entrer dans le consortium. D'après des notes jetées au hasard avant que commence le gros œuvre, on peut se faire une idée du raisonnement qui aboutit à sa décision. Cela avait un rapport avec son désir d'enseigner, après l'université.

« Je ne puis espérer gagner une fortune comme professeur, confia-t-il à son journal. J'aurai besoin d'une autre source de revenus, surtout si je veux effectuer des recherches personnelles. Aucune bourse universitaire et aucune subvention du gouvernement ne peut vraisemblablement être accordée pour la recherche dans le domaine qui m'intéresse – les gens influents d'Angleterre n'y croient absolument pas –, alors je dois chercher de l'argent ailleurs. Le revenu d'un hôtel pourrait être la solution. »

Dans cet état d'esprit, Waxflatter écrivit à son père, un gentleman-farmer du Somerset, demandant que de l'argent placé pour lui en fidéicommis soit dégagé : il en aurait d'ailleurs eu la libre disposition dans deux ans. Son père, qui avait des doutes et des inquiétudes pour son fils depuis que l'impétueux gamin avait sauté du sommet d'une haute grange avec des ailes de sa fabrication, approuva promptement la proposition à la condition qu'il ne demanderait jamais davantage. Waxflatter put donc investir comme les autres, sachant que si l'entreprise réussissait – et Bobster était très astucieux – il aurait de quoi se livrer à ses recherches indépendantes.

D'après ce que nous savons de Waxflatter, nous devinons aisément que ce domaine qu'il entendait explorer était l'aviation. Nous en avons d'autres preuves. Une thèse écrite à peu près à cette époque se trouvait aussi parmi les souvenirs sauvés par Élisabeth. C'est un document fascinant, un véritable bijou, un pastiche retraçant l'histoire du vol depuis les rêves des anciens jusqu'aux accomplissements des techniciens de son temps.

L'éternel désir de l'homme de défier la gravité et de prendre son vol, qui fut aussi celui de Waxflatter durant toutes ses années à Brompton, est raconté depuis la nuit des temps. Les dieux volants étaient même si nombreux qu'il fut amené à penser que les graines de l'humanité avaient pu être semées sur la Terre par des visiteurs venus d'autres planètes. Il décrivait dans sa thèse tout ce qui, depuis les temps les plus anciens, a utilisé les propriétés de l'air : le boomerang, la flèche empennée, le moulin à vent et le cerf-volant. Les cerfs-volants chinois, porteurs d'hommes mille ans avant Jésus-Christ, y étaient cités ainsi que les fusées inventées à la même époque. Il prévoyait des machines qui, en combinant les propriétés du cerf-volant et du moulin à vent, ou du moulin à vent et de la fusée, propulseraient un jour les hommes dans l'atmosphère et même au-delà.

Il rendait hommage aux travaux de Léonard de Vinci à la fin du XVe siècle, en particulier à ses dessins d'ornithoptères battant des ailes. Comme nous l'avons vu, les principes de Vinci furent appliqués aux machines volantes que Waxflatter construisit plus tard lui-même. Il rappelait aussi dans sa thèse tous les audacieux « fous volants » qui, au cours des siècles, se jetèrent du haut de tours, de clochers, de remparts, avec des conséquences graves et souvent fatales, des hommes comme Oliver of Malmesbury qui s'envola du toit de l'Abbaye et se brisa les deux jambes (1020), l'Allemand De Bernoin qui se tua à Francfort dans une tentative semblable (1673) et le marquis de Bacqueville qui essaya de survoler la Seine et s'écrasa sur un bateau-lavoir (1742). Waxflatter rend un respectueux hommage à ses héroïques précurseurs avant de passer aux aérostiers du XVIIIe siècle et du début du XIXe, aux dirigeables et, finalement, mentionne le premier appareil volant muni de volets propulseurs que, de son vivant, il s'efforça de perfectionner.

Telle était l'obsession qui amena Waxflatter à se joindre au consortium. Tout le monde étant maintenant d'accord, Bobster ne perdit pas de temps pour mettre le projet en route. Mais il ne pouvait aller plus vite que les coutumes ni que le permettait le caractère du pays. Il y eut d'inévitables retards pour des raisons qui, dans les pays orientaux, ne sont jamais clairement expliquées et dont on ne peut jamais rejeter la faute sur des personnes précises. Des fonctionnaires refusaient de se presser, des marchés n'étaient pas conclus ou traînaient en longueur, le climat n'induisait pas à l'effort, et les journées étaient écourtées par la religieuse observance de la sieste. Il devint vite évident qu'il faudrait des mois avant que l'on puisse seulement commencer à creuser les fondations du futur hôtel.

À l'exception de Bobster, qui resta au Caire, centre même de l'affaire, les amis se dispersèrent temporairement. Nesbit passa son temps à Tanta. Cragwitch alla dans le Nord, à Alexandrie, pour étudier les vestiges des fortifications de Napoléon. Hallmark loua un logement dans un quartier indigène et étudia l'arabe. Waxflatter, lui, partit pour une croisière en remontant le Nil.

Ce fut indiscutablement de mauvais augure lorsque, alors que le moment venait de commencer les travaux, les bédouins arrivèrent à leur campement dans l'oasis, près d'Ezbekiah, pour y célébrer le mois du Ramadan. Une nuit de ce mois, le neuvième de l'année musulmane, est appelée la Nuit du Destin. Pendant cette nuit, le sort des hommes est fixé pour l'année suivante et, dans le cas des jeunes Anglais, comme nous allons le voir, il le fut pour infiniment plus longtemps.

12

Le projet de Waxflatter – remonter le Nil jusqu'à la première cataracte – allait être déjoué. Dès le début, des problèmes imprévus se posèrent. Après un bon départ de Boulak par un bel après-midi ensoleillé et une brise légère, l'équipage de la barge à fond plat, à deux mâts, qu'il avait affrétée pour le voyage manifesta sa mauvaise humeur en réclamant une augmentation de salaire, tactique assez courante après le début de ce genre de voyage. Ensuite, des vents forts, peu de saison, firent échouer le bateau, la seconde fois si gravement qu'ils durent descendre à terre. Waxflatter fut contraint de passer la nuit à Turra, un pauvre village, et de partager une hutte de pisé avec six de ses hommes d'équipage, un drogman et un cuisinier. Ledit village était situé sur la route de Memphis et il décida donc d'aller visiter la célèbre ville pendant que son équipage remettait le bateau à flot.

Avec son drogman, à dos d'âne il partit pour un long trajet à travers les sables arides, mais en arrivant aux fameuses ruines, un message du Caire l'atteignit. Bobster lui demandait de rentrer immédiatement.

Les travaux commenceraient plus tôt que

prévu. Toutes les difficultés avaient été aplanies, à part quelques désaccords mineurs avec les anciens d'un village voisin du site. Waxflatter pensa que c'était de très mauvais augure bien que Bobster n'eût pas l'air de prendre cela au sérieux. « Pour ce qui est de ces problèmes locaux, écrivait-il, je suis certain que Hallmark les réglera. Il sera notre agent de liaison. Il connaît déjà un peu l'arabe, et à en juger par les apparences, il n'est pas loin de devenir arabe lui-même ! Je pense que nous devons absolument être tous là pour le commencement des travaux des fondations. Je crois que vous comprendrez aisément qu'il est important de brandir le drapeau. »

Le journal de Waxflatter est hérissé d'indignation : « Au diable Bobster et son maudit drapeau ! Quel rapport avec notre entreprise commerciale ? Je l'ai soutenue avec mon argent. Que pourrais-je faire de plus ? Bobster est meilleur homme d'affaires que nous tous réunis. Je veux voir Abydos et la Vallée des Rois. Je n'en aurai peut-être plus jamais l'occasion. »

Le jour suivant, sa mauvaise humeur s'était apaisée. « C'est exaspérant, mais je suppose qu'il vaut mieux que je fasse demi-tour. Quand quelque chose tourne mal, les absents ont toujours tort. Je veux que cette entreprise réussisse. J'ai besoin de l'indépendance qu'elle m'apportera. Alors, après une journée à Memphis, je rebrousserai chemin. »

Il ne pouvait se retenir de songer à l'ironie des réflexions de Bobster sur Hallmark, que Cragwitch et lui avaient si souvent tourné en dérision. Maintenant, voilà qu'il devenait officier de liaison. « Bravo pour Hallmark, écrivit Waxflatter. J'espère qu'ils lui manifesteront un peu plus de respect à l'avenir. »

Transportant comme un guide son Hérodote (l'historien grec s'était hasardé là au ve siècle av. J.-C.), il arriva à Memphis le cœur battant à la perspective de voir les vestiges d'une ville fondée quatre mille ans auparavant. Mais il fut déçu : il ne restait de la capitale de l'Égypte durant trente et une dynasties, d'une ville qui avait survécu aux conquêtes des Perses, des Grecs, des Romains et des Arabes, que d'énormes monticules de terre poussiéreuse. Çà et là poussaient quelques palmiers, des chèvres cherchaient une maigre subsistance dans leur ombre, et au-delà des arbres des femmes et des enfants apathiques étaient assis en plein midi devant des huttes de pisé.

Il ne restait rien des splendeurs décrites par Hérodote que des fragments de sculptures de granit, des torses sans tête, un colosse couché à plat ventre au fond d'un lac desséché. « Les ruines ont sombré dans les sables sans fond, écrivit Waxflatter dans son journal. Memphis est une déception. On est attiré ici par le nom. » Néanmoins, il éprouvait la forte présence de l'histoire en errant sur les tumulus désolés, en ramassant ici un bout de faïence, là un fragment de granit rose. Ce n'était guère étonnant car la Memphis disparue avait été la ville la plus ancienne du monde. Aucune cité n'avait prospéré aussi longtemps, après sa fondation par Khoufoui, que les Grecs appelèrent Chéops dans leurs manuels d'histoire. « Tout est englouti dans un océan de sable », écrit-il à regret. Il se trompait, naturellement. Nous savons aujourd'hui que c'est l'homme et non le sable qui est responsable de la destruction de Memphis. Les splendeurs vues par Hérodote ont été pillées et emportées au Moyen Âge pour bâtir d'autres villes. Une partie du Caire est construite avec la maçonnerie de Memphis.

Quittant ce lieu désolé, Waxflatter se raisonna. Il dissipa sa déception en se disant qu'il était heureux d'être venu, d'avoir vu le peu qui restait. Dans cet état d'esprit, il reprit la longue route vers Turra avec son drogman, ou interprète.

Pendant qu'il redescendait le Nil vers Boulak, il redoutait déjà ce qu'il trouverait en arrivant au Caire. « Je n'aime pas cette histoire avec les bédouins, confia-t-il à son journal. Mais j'espère que Bobster sait ce qu'il fait. »

En arrivant, il trouva la situation plus grave encore qu'il ne l'avait craint. Mais Bobster n'était pas du tout de son avis; pour lui, ce qui était arrivé le satisfaisait énormément.

Le site proposé pour l'hôtel avait été un lieu de sépulture. De nombreux et inestimables trésors en avaient déjà été extraits.

– Nous sommes millionnaires avant même de commencer ! annonça-t-il aux autres avec une joie immense.

Ce fut Hallmark qui calma leur enthousiasme. En revenant d'une réunion avec les anciens du village, il apprit à ses amis que l'affaire était extrêmement délicate. Le site sur lequel ils creusaient était sacré pour les villageois. Cinq princesses de la XIVe Dynastie y étaient enterrées. Waxflatter décida de se rendre au village; Hallmark l'accompagna.

Avant qu'ils partent, on montra à Waxflatter une brochure préparée pour le consortium, décrivant les agréments du futur hôtel. D'après des extraits qu'il glissa dans son journal, nous constatons qu'en effet cet hôtel devait être magnifique, un grand palace associant le dernier cri de la technique américaine et l'ambiance de l'Orient.

Un architecte américain avait tracé les plans. À cette époque, l'Amérique était la pionnière dans la construction d'hôtels de luxe tentant d'égaler en splendeur les palais royaux européens qu'il n'y avait naturellement pas là-bas. Ce fut en Amérique que l'on construisit les premiers hôtels, en progrès sur la tradition de l'auberge anglaise où les voyageurs ne passaient la nuit qu'en cas de nécessité. La nouvelle tendance était aux hôtels en tant que centres mondains, univers de rêve où les clients étaient choyés comme des rois. Des établissements de ce genre apparaissaient aussi en Europe; plusieurs étaient aménagés dans d'anciens châteaux ou palais, dans des monastères même. Si l'on avait suffisamment de moyens, on pouvait profiter du tout récent *Exchange Hotel* de Boston ou du *Badisher Hof* de Baden-Baden et y rompre totalement avec les soucis quotidiens, dans le luxe le plus somptueux. C'était un hôtel de cette classe que l'architecte avait conçu pour le consortium du Caire.

Il devait avoir six étages et cent cinquante chambres, chacune avec ses toilettes, ce qui était tout à fait révolutionnaire. Les bâtiments comprendraient une salle à manger de deux cents couverts prolongée d'une terrasse avec vue sur le Nil. On l'appellerait le Salon des Dynasties. Il y aurait une salle de bal, une bibliothèque, un Salon Arabe équipé pour des spectacles de lanterne kaléidoscopique, un établissement de bains, avec hammam et petits salons de massage. L'hôtel offrirait une particularité : la Porte des Indes. Les promoteurs la décrivaient comme une reconstitution, tel un décor de théâtre, d'un souk où seraient vendus des souvenirs artisanaux égyptiens dans une atmosphère beaucoup plus confortable que dans les ruelles bruyantes et parfois dangereuses des bazars du Caire.

L'édifice tout entier, en granit rose, devait se fondre dans le paysage, avec ses colonnes de mosquée, ses minarets, sa façade centrale triangulaire, évoquant une face de pyramide. L'hôtel serait baptisé, avec mauvais goût pensait Waxflatter, *Pharaon Palace*.

Ils se rendirent au village à cheval et Waxflatter nota la grande allure de Hallmark, en costume égyptien, chevauchant un étalon arabe; il s'était remarquablement égyptianisé. Jamais l'on n'aurait reconnu l'ancien collégien anglais sous son burnous, avec son nez rouge et son visage tanné par le soleil. En arrivant, Waxflatter, le seul qui fût en costume européen, se sentit déplacé, mais de toute évidence, Hallmark s'était attiré la confiance des villageois et tous deux furent invités à prendre des rafraîchissements dans la hutte servant de salle de conseil aux anciens. Il décrit cette réception :

« Les bonnes manières scrupuleuses de ces hommes – dont la vie est si dure et pauvre – m'impressionnèrent ainsi que la propreté de leur demeure avec son sol de terre battue. Nous nous assîmes sur de beaux coussins finement tissés, disposés en demi-cercle, le porte-parole étant installé au milieu. On passa à la ronde des bols où nous nous lavâmes les mains avant de prendre le café et les gâteaux offerts par des enfants dont on ne voyait que les yeux noirs souriants, à travers les fentes de leurs capuchons noirs. Par un petit trou dans un rideau qui nous séparait de la pièce voisine, je vis une succession d'yeux vifs qui nous observaient furtivement et j'entendis le léger rire joyeux des femmes, dans la réclusion du purdah. La simplicité de tout cela m'émut profondément. »

Le problème, dit le chef, était que le site de la construction était pour eux une terre sacrée. Ce que les Européens prenaient pour un terrain désolé et abandonné était un territoire qu'eux et leurs ancêtres vénéraient, car, reposant depuis des millénaires, il y avait là les tombes de la princesse Hatiba et de ses quatre sœurs qui, selon des textes anciens, étaient toutes mortes une même nuit de cataclysme, quand le Nil avait débordé avant sa saison habituelle et dévasté la résidence impériale. Il y avait eu beaucoup de noyés, parmi lesquels les cinq héritières royales.

Chaque année, pendant le Ramadan, la veille du Jour du Destin, le village célébrait ce triste événement de l'antiquité en observant une veillée aux flambeaux à l'entrée des tombeaux.

Le chef poursuivit son récit sur un ton plus sévère. Il déclara aux Anglais, en s'adressant à Hallmark qui traduisait, que les jeunes gens venus d'Europe et les prêteurs de la ville (employant le mot arabe signifiant usuriers) profanaient une terre sacrée et résistaient à toute demande d'interrompre leurs travaux sacrilèges. Le chef, par conséquent, exigeait que cette profanation des tombes cessât immédiatement.

« Il y avait dans son attitude une froide civilité qui nous avertissait de ne pas la confondre avec de la faiblesse, nota Waxflatter dans ses cahiers. Et ils ont évoqué une complication supplémentaire. Une tribu de bédouins, avec laquelle ils avaient des liens d'amitié, campe sur une colline voisine en se préparant au Ramadan. Eux aussi avaient vu ce qui se passait sur la terre sacrée. “ Nous employons des moyens de persuasion pacifiques dans les affaires de ce genre, nous dit le chef, mais nos frères de cette tribu ne le font pas. Leur origine remonte à des siècles incalculables (le vieux chef dit, en fait, “ au temps où Rame était omnipotent ”, mais Hallmark ne put traduire avec précision) et au culte de Rame Tep. Aujourd’hui encore, ils embaument leurs morts par respect pour Anubis, le dieu des morts, et à la saison du Ramadan ils enterrent les restes de leurs chers disparus près des tombes des cinq princesses. Si les tombes sont profanées, ils invoqueront la vengeance d’Eh Tar. ” »

Tout cela paraissait extrêmement menaçant à Waxflatter et, naturellement, il voulut en savoir plus sur la signification d’Eh Tar. Hallmark expliqua que dans chaque génération, cette tribu choisissait un enfant mâle (« l’élu », en général le fils du chef) et lui donnait le nom d’Eh Tar. Si besoin était, ce petit prince était leur « messager de la vengeance ». Eh Tar, un nom remontant aux Phéniciens, voulait dire vengeance. Quiconque profanerait les tombes des princesses aurait à subir la vengeance de Rame Tep dont le messager serait Eh Tar.

Quelque peu secoué par ces révélations, Waxflatter suggéra à Hallmark d’aller maintenant visiter avec lui le site de construction. En chemin, Hallmark lui raconta ce qu’il avait appris d’autre sur la culture et les coutumes des tribus du désert.

Les bédouins, ou Bedou d’Arabie, étaient les tribus nomades qui élevaient des chameaux et, strictement parlant, eux seuls avaient le droit d’être appelés Arabes. Ces hommes menaient une existence errante, même aux temps pharaoniques. Quand ils émigrèrent d’Arabie en Égypte, ils continuèrent de vivre en nomades et furent considérés par les Égyptiens comme des Arabes, alors que ceux qui cultivaient la terre ou habitaient des villes ne l’étaient pas. Mais depuis quelques années, plusieurs tribus avaient renoncé à la dure existence du désert pour devenir des paysans, en s'unissant généralement avec des villageois déjà établis comme agriculteurs ou éleveurs de bétail. Cette tendance avait été accélérée par l'occupation napoléonienne qui avait apporté ses idées d'égalité et de fraternité inspirées par la Révolution française. Certaines tribus avaient même suivi les fellahin des villages dans leur migration vers les villes où ces hommes étaient employés comme ouvriers, dans les nouveaux programmes d'urbanisation et d'industrialisation. Mais un sentiment de nationalisme finit par se développer et tous les peuples de langue arabe furent collectivement appelés des Arabes.

Pourtant, les bédouins représentaient en quelque sorte la pureté de leur race et la plupart des tribus restèrent nomades, vivant tant bien que mal dans la chaleur et le froid intenses des régions désertiques du sud de l'Arabie, la terre la moins hospitalière du monde. Ils étaient cependant d'un patriotisme farouche et au cours des siècles, des souverains successifs avaient fait appel à eux pour repousser les incursions des intrus, depuis l'époque des chrétiens jusqu'à aujourd'hui, où Mohammed Ali n'avait pas hésité à se servir d'eux pour chasser les Britanniques.

Les bédouins qui campaient près du village d'Ezbekiah étaient caractéristiques de ces tribus. Ils avaient un peu de bétail efflanqué, quelques chameaux, un petit troupeau de chèvres. C'étaient de petits hommes secs et nerveux, avec un corps mince et des traits finement ciselés, mais même leurs jeunes gens paraissaient vieux, tant leur vie était dure. Ils portaient le keffieh et une tunique arabe tombant à mi-mollet, mais quelques-uns n'avaient qu'un pagne et allaient tête nue. Ils étaient armés de poignards. Leurs femmes, de noir vêtues, gardaient les bêtes mais n'avaient pas le droit de les traire; depuis la plus haute antiquité, seul un homme avait le droit de toucher un pis. C'était surtout le chameau qui leur fournissait l'essentiel de leur subsistance. Cette superbe bête de somme était leur moyen de transport, leur donnait de la viande dans les temps les plus durs, du lait et sa bouse séchée leur permettait de se chauffer et de faire leur cuisine. Naturellement, ils vénéraient le chameau, admiraient sa patience et le traitaient avec une affection non dépourvue de sens pratique, qui était presque de l'amour. Car si une tribu en déplacement arrivait à portée d'une oasis longtemps espérée et si les chameaux avaient besoin d'un repos préalable, elle n'allait pas plus loin et passait encore une nuit dans le désert inhospitalier.

La vie des bédouins était terrible. Parfois, l'eau des puits était si croupie qu'ils y mélangeaient du lait de chamelle pour la rendre buvable. Ils étaient accablés par la chaleur quand le khamsin soufflait de l'est, telle une fournaise. Pour ces tribus, l'existence était si proche de la nature, si troublée par les difficultés, que Dieu était un compagnon; la foi en sa présence leur donnait le courage de tout supporter. Ils priaient régulièrement, face à La Mecque sur leurs tapis de prière, et observaient le Ramadan, une fête mobile puisque, selon le calendrier lunaire égyptien, elle tombe onze jours plus tôt chaque année.

Il était interdit de manger et de boire de l'aube au coucher du soleil mais la vie du bédouin était si difficile que le jeûne aurait été mortel dans la chaleur du désert. Le bédouin en était donc dispensé jusqu'à ce qu'il ait terminé son voyage.

Telle était la situation de la tribu campée sur

la colline près d'Ezbekiah. Elle avait passé une partie de l'année dans des grottes de la montagne, elle avait traversé le désert d'Arabie, et maintenant elle était descendue vers l'oasis où elle avait dressé ses tentes et construit des huttes de pierre et de pisé pour y abriter ses maigres biens. Mais la nuit Waxflatter et ses amis entendaient le rythme aigu de leurs tambourins scander les heures tandis que les bédouins mangeaient et buvaient modérément, après la journée de jeûne. C'était comme un avertissement aux Européens, disait Hallmark, annonçant le temps du Ramadan où ces hommes descendraient pour rejoindre les villageois, la nuit de veillée avant le Jour du Destin.

Waxflatter était pressé d'inspecter le site pour voir ce qui avait été fait jusque-là qui risquait d'offenser la sensibilité des bédouins. Il n'aurait pu être plus atterré par ce qu'il découvrit en arrivant sur le plateau choisi pour l'emplacement du *Pharaon Palace*.

Environ cent cinquante ouvriers s'y affairaient mais leur activité semblait n'avoir qu'un lointain rapport avec la construction d'un hôtel. Des travaux de terrassement avaient été entrepris, en principe pour les fondations, mais le travail en cours donnait l'impression de n'être ni plus ni moins que du pillage organisé. Tandis que des charpentiers fabriquaient des poteaux et des étais pour soutenir les cavernes et passages, d'autres ouvriers creusaient plus profondément. D'autres encore façonnaient des caisses de tailles diverses et les doublaient de paille et autres matériaux protecteurs.

Des files de travailleurs transportaient des cavernes aux caisses des statues et des ornements, portaient sur leurs épaules des sarcophages parfaitement intacts. À première vue, ils paraissaient incolores, mais on remarquait, quand ils passaient au soleil, les nuances subtiles de leurs vernis. Parmi les décombres jonchant le site, il y avait des restes de vases aux lignes élégantes, des fragments d'albâtre et de marbre de toutes les teintes, des plus vives aux plus pastel. Des statuettes funéraires avaient été négligemment jetées, après avoir été jugées imparfaites, membres et torses brisés comme par une explosion. Plus horrible encore, des masses brunes de substance spongieuse sortaient de linceuls en charpie. C'était la chair des momies brisées. On eût dit un charnier.

Waxflatter nota que ce vandalisme était perpétré sous l'œil vigilant d'hommes qu'il n'avait jamais vus; aucun n'avait été présent aux réunions quand on avait discuté du projet de construction. Il allait apprendre que ces individus en costume de ville étaient des agents de consulats étrangers, des antiquaires, des intermédiaires de musées européens. Bobster, semblait-il, avait traité avec eux au nom du consortium et conclu un marché au terme duquel les frais de construction seraient payés en partie par la vente de ces inestimables reliques.

Hallmark, aussi outré et furieux que Waxflatter, mit sévèrement les autres en garde et les avertit des redoutables conséquences qui pouvaient en découler, mais Cragwitch négligeait les risques, confiant dans l'influence des militaires qui leur fourniraient certainement des soldats pour les protéger en cas de troubles. Les politiciens du Caire avaient besoin d'argent pour leurs ambitieux programmes de rénovation, disait-il, et ce serait la chose du monde la plus simple de canaliser vers eux une partie des bénéfices.

Seul Nesbit, rappelé de ses délices de Tanta, paraissait insensible à ces tensions. Il était pressé de descendre dans les excavations, une expédition où les autres l'accompagnèrent.

Les cinq princesses avaient été inhumées depuis quelque quatre mille ans, momifiées et placées dans un sépulcre gardé par une paire de petits sphinx. À la lueur de leurs bougies, les amis suivirent une avenue de catacombes et, en arrivant au temple intérieur, leur guide alluma un récipient de magnésium. Cette vive lumière leur révéla une incroyable richesse. Des alcôves étincelaient de pierreries , des bas-reliefs d'ivoire poli représentaient des profils de dieux et de déesses, des tablettes d'hiéroglyphes proclamaient la sagesse du Livre des Morts. Les sarcophages des cinq princesses reposaient sur des plates-formes incrustées d'or. Mais ils étaient vides. Les momies avaient été emportées.

Une cinquantaine de mètres plus loin, ils débouchèrent dans une salle que Hallmark identifia comme une maison d'embaumement. Les rites funéraires s'y étaient déroulés quelques millénaires plus tôt. Il connaissait un peu cet art oublié et il entreprit d'instruire ses amis.

Le corps était d'abord vidé de tous ses organes corruptibles et enveloppé dans du natron. Seul le cœur restait en place; les entrailles étaient conservées séparément dans des canopes pour être enterrées à côté du corps. Le cadavre, une fois séché, était lavé, huilé, enveloppé de bandelettes de toile et remis à la famille. Les obsèques proprement dites pouvaient alors commencer, une véritable fête qui se terminait par des danses. En principe, le disparu avait alors rejoint ses ancêtres. Dans le cas d'une personne de sang royal, comme ces princesses, la cérémonie durait plusieurs jours et la sépulture devenait un lieu de pèlerinage.

« Dans le froid de ce temple souterrain, confia Waxflatter à son journal, je sentais que j'étais plus qu'un simple intrus dans le monde privé d'une antique religion. J'avais offensé les strictes lois du temps. Peut-être, maintenant, ces morts sacrés ne se réveilleraient-ils jamais. J'avais rompu le charme. Je suppose que c'est cela, le sacrilège. »

Quand les cinq jeunes Anglais retournèrent à leur villa du Caire, ils étaient sérieusement en désaccord. D'après les cahiers, nous avons la nette impression que Waxflatter voulait simplement rentrer chez lui. Hallmark, lui, était tellement écœuré par la profanation à Ezbekiah qu'il se sentait incapable d'affronter les gens du village. Nesbit était pressé de retourner à Tanta. Mais Bobster et Cragwitch insistèrent pour qu'ils restent tous jusqu'à ce que le projet puisse être laissé sans crainte aux associés égyptiens. Cependant, tout cela ne se révélerait qu'inutiles conjectures car le lendemain une série d'événements survint qui aboutirait à leur départ précipité pour l'Angleterre.

Cragwitch s'était arrangé pour faire garder l'excavation par un détachement militaire. Ces soldats étaient albanais, des vétérans des célèbres aventures de Mohammed Ali au Soudan; il aurait été impossible de trouver bande de mercenaires plus cruels. La veille du Jour du Destin, quand les villageois, suivis par les bédouins à dos de chameau, approchèrent du site sacré, les soldats accueillirent grossièrement leurs femmes en leur lançant des propos obscènes. Ils avaient bu de la bière des tonneaux placés sur des souches de cèdres. Les Arabes, déroutés, se mirent en colère car non seulement le sanctuaire musulman était hideusement profané mais, en cette heure solennelle, il était gardé par des infidèles.

Des poignards furent dégainés par les bédouins, des coups de feu tirés par les Albanais. Des escarmouches commencèrent et les Arabes battirent en retraite vers le village. À la nuit, les Albanais les poursuivirent et ce fut l'enfer. Des maisons furent incendiées, des femmes violées, des atrocités innommables perpétrées. À l'aube, le village n'était plus que ruines. Une fumée âcre déferlait sur les corps jonchant le sol. Certains cuvaient simplement leur ivresse, d'autres gémissaient, mais beaucoup, y compris des enfants, étaient morts ou agonisaient.

Ces horribles nouvelles arrivèrent à la villa peu après le lever du jour, apportées aux Anglais par un ami de Bobster, un Grec d'Alexandrie.

– Je vous conseille à tous de partir sans tarder, leur dit-il. La haine des étrangers possède les survivants. Le gouvernement aussi va se retourner contre vous. Il refusera d'assumer le blâme. Vous serez désignés comme les coupables.

« C'est bien ce que nous sommes, avoua Waxflatter dans son cahier, en ajoutant prophétiquement : Cette affaire n'est peut-être pas finie pour nous. »

Le soir-même, ils arrivèrent à Alexandrie où ils eurent la chance de trouver place à bord d'un bateau partant cette nuit-là à destination de Liverpool. Aucun des cinq ne devait jamais revenir.

Cependant, nous savons quelque chose de leurs diverses carrières, grâce au journal que Waxflatter ne cessa de tenir toute sa vie.

Hallmark fit énormément de bien dans les quartiers misérables de l'East End de Londres.

Il se lia d'amitié avec Charles Dickens et publia lui-même un roman, *Les ruelles du mal*, qui contribua beaucoup à convaincre les autorités de construire de meilleurs logements dans les quartiers pauvres des docks. Il finit par entrer au Parlement, comme radical bien entendu.

Nesbit, qui avait été forcé de quitter l'Égypte sans dire adieu à sa bien-aimée, changea d'avis une fois rentré chez lui, au grand soulagement de sa famille. Après son ordination, il servit les fidèles de plusieurs paroisses avant de s'installer à Kilburn pour le restant de ses jours.

Bobster, comme nous l'avons vu, eut une mort spectaculaire, alors qu'il était au faîte de sa prospérité. On apprit beaucoup plus tard que lorsqu'un hôtel fut finalement construit à Ezbekiah, il s'était arrangé pour y prendre des parts, probablement sous un autre nom et par l'intermédiaire de quelque société. En gérant les affaires des autres, il avait amassé une grande fortune.

Après une brève carrière militaire dont le bruit courait qu'elle se serait mal terminée (il avait tué un Indien au lieu d'un pigeon, au cours d'une chasse à Delhi), Cragwitch prit sa retraite et se lança dans le commerce bancaire. Il serait l'unique survivant des meurtres de 1870.

Waxflatter, comme nous le savons, retourna à son vieux collège après l'université d'Édimbourg. Il aurait accepté ce poste surtout parce qu'on lui offrait de la place pour se livrer à ses expériences pratiques d'aéronautique. L'argent ne l'intéressait pas. Tout ce qu'il voulait, c'était s'envoler dans les airs.

13

Tous ceux qui suivent les aventures de Sherlock Holmes savent que je suis médecin, car j'ai fini par y arriver en dépit des craintes qui me tourmentaient quand j'étais à Brompton. Je n'ai jamais prétendu avoir un talent d'écrivain. La nature durable des récits sur les affaires de Holmes, je suis le premier à le reconnaître, ne doit pas être attribuée à quelque don de leur narrateur. Non, leur succès est uniquement dû à l'admiration suscitée dans le grand public par les sensationnelles réussites de leur principal personnage, mon ami Holmes.

Je sais qu'en plus d'une occasion – je pense à l'affaire du *Rituel des Musgrave* – il a parlé de moi comme de son biographe. Fort de cette autorité, je me suis moi-même défini ainsi en rapportant l'affaire du *Pensionnaire en traitement*. Et au cours de son enquête sur l'énigme de *L'entrepreneur de Norwood*, il alla jusqu'à m'appeler son « zélé historien ». Mais je ne me suis jamais fait d'illusions sur la qualité de mon style. Mon travail doit être considéré comme celui d'un amateur, consciencieux mais amateur quand même, tout comme Holmes travaillait en amateur, mais avec le suprême talent que l'on sait.

Par moments, cependant, il savait être blessant dans ses critiques des efforts que je faisais pour transmettre à la postérité une chronique de ses succès. Plus d'une fois, il m'a accusé d'« embellissement » – c'était son mot – dans le cours de mes récits de ce qu'il appelait « ces petites annales de mes affaires que vous avez la bonté de rassembler ». Je pouvais, ma foi, supporter l'aspect condescendant de son opinion mais je ressentis profondément l'injustice d'une accusation qu'il porta alors que nous tentions de résoudre le mystère des « Hêtres rouges », disant que j'avais « dégradé ce qui aurait dû être un cours de logique dans une suite de récits ».

Je considérai une telle phraséologie indigne de son prétendu respect pour moi. N'avait-il pas dit de moi durant nos investigations sur « la ligue des rouquins » que j'étais « son partenaire et son assistant » ? Néanmoins, en dépit de ce respect, quand il n'était pas de bonne humeur, il me sermonnait très sévèrement sur mes maladresses littéraires.

Pourquoi, peut se demander le lecteur, est-ce que je me souviens de cela ? Essentiellement parce que je sens sa présence en ce moment, alors que j'écris dans mon cabinet de travail de Kensington; son ombre me semble rôder entre la lumière de la lampe et mon bureau. Il se penche par-dessus mon épaule et je jure que je l'entends dire : « Watson, mon vieil ami, vous embellissez encore. »

À part moi, je nie l'accusation, tout en sachant qu'elle est en fait un peu fondée, du point de vue de Holmes. Il m'en veut de m'être attardé en Égypte, d'avoir détaillé tous ces événements en l'abandonnant dans les landes sauvages de l'Oxfordshire et Élisabeth à sa mission dans le grenier. C'est bien de Holmes. Pour lui, la chasse, c'est tout. L'état du monde en général ne l'a jamais intéressé; le sujet l'ennuie. « Ma vie, m'a-t-il confié un jour, est un long effort pour échapper au commun et au banal de l'existence. » C'était une bataille contre le spleen. Et pourtant, voilà un homme aux intuitions tellement surnaturelles que s'il avait vécu au Moyen Âge on l'aurait accusé de sorcellerie et voué au bûcher !

Mais je ne présente pas d'excuses d'avoir utilisé une source aussi riche que les cahiers de Waxflatter pour détailler ce qui s'est passé en Égypte. Peut-il y avoir cas plus classique du sort des individus déterminé par l'inexorable cours de l'Histoire ? C'était parce que ces jeunes gens du tableau avaient été dans un lieu particulier à un moment particulier que leur vie s'était écoulée dans la tension d'une menace de vengeance, reçue un an après leur retour. Si l'Histoire n'avait pas concentré en cette nuit le carnage d'Ezbekiah, je ne serais pas en train d'écrire la toute première affaire de Holmes. Mais je le comprends. Il est temps de retourner à Brompton.

À notre insu, la vie d'Élisabeth se trouvait en danger pendant que nous étions à Cragwitch Manor. Nous ne découvririons qu'à notre retour à quel point son sort avait été en péril. Il serait alors presque trop tard. Petit à petit, j'ai pu réunir les détails des terribles heures qu'elle vécut.

Quand nous fûmes partis pour le manoir, elle monta au grenier comme l'en avait priée Holmes. Là, elle commença sa tâche peu enviable et tria laborieusement le bric-à-brac de son oncle. Elle emballa les prototypes de ses inventions les moins encombrantes dans les boîtes à chaussures : un coupe-œuf mécanique qu'il voulait faire breveter depuis longtemps, un appareil à ressort pour tourner les pages d'un livre avec un mouvement d'horlogerie incorporé réglé sur le rythme de lecture de l'utilisateur et une cafetière de chevet qui avait peu de chances de répondre aux normes de sécurité car elle fonctionnait au gaz ! Avec deux ou trois autres petites inventions, Élisabeth estimait qu'elles témoignaient à la perfection de l'esprit inventif de son oncle. Donc, ainsi que plusieurs documents et cahiers, elle rangea le tout dans mon casier.

Plusieurs voyages, furtifs et nocturnes, lui furent nécessaires. Ce fut ahurissant, ce qu'elle parvint à tasser dans un casier contenant déjà mes chaussettes de football, deux romans (un de Wilkie Collins, l'autre de Tackeray) et une demi-livre de caramels Rowntree débordant de leur sac. Le monde scientifique serait certainement moins riche si elle n'avait pas réussi à inclure parmi les papiers les dessins de l'ornithoptère de Waxflatter, une machine volante à vapeur, amélioration de la version à pédales. Il ne vécut pas assez longtemps pour la perfectionner, mais c'était une preuve de plus d'un esprit fort en avance sur son temps. Cinq ans plus tard, un ornithoptère à vapeur à ailes en tandem, inspiré de ses recherches, allait quitter le sol à l'Exposition du Crystal Palace !

C'était bien triste pour Élisabeth de trier ces souvenirs. Depuis la mort de ses parents, il n'y avait eu personne qu'elle eût plus aimé que son oncle, jusqu'à ce que Holmes arrive dans sa vie, à Brompton. Son chagrin augmenta quand elle découvrit dans un tiroir une photographie, un programme de théâtre et une coupure de presse. Ils lui rappelaient des souvenirs terribles. La photographie avait été prise pour les besoins de la publicité théâtrale; elle représentait ses parents, Simon et Sophie Lord, dans *Roméo et Juliette*. Ils faisaient une tournée en Amérique quand le malheur avait frappé, laissant Élisabeth orpheline.

Amants maudits dans tous les sens du terme, ce couple séduisant avait été adoré par le public, un sentiment tout à l'opposé des tourments de leur vie privée. Les rôles qu'ils jouaient parodiaient leur image d'éternels amoureux; en réalité, tout en s'aimant profondément, ils s'entendaient très mal. Sans Élisabeth, qu'ils emmenaient partout en tournée, ils se seraient séparés. Le dimanche avant la première à Philadelphie, ils allèrent au théâtre pour une dernière répétition de la scène du balcon.

À part une lanterne sur la scène, le théâtre était plongé dans l'obscurité; toutes les portes d'entrée réservées au public étaient verrouillées. Pendant qu'ils répétaient, un aide-régisseur arriva par l'entrée des artistes; il avait l'habitude d'apporter à manger au chat du théâtre pendant le week-end. Il alluma une bougie qu'il négligea de souffler en s'en allant. Le chat dut la renverser...

La coupure de presse racontait le drame. Les flammes avaient si rapidement envahi le théâtre, en particulier l'entrée des artistes, que le couple périt en tentant de s'échapper.

Quand Waxflatter arriva à Philadelphie dix jours plus tard, après sa traversée de l'Atlantique, il se rendit à la pension d'artistes où avaient logé les Lord. Il y trouva une petite fille de onze ans, folle d'inquiétude pour ses parents. Les membres de la troupe lui avaient caché la tragique nouvelle. Le bon oncle lui dit qu'il venait la chercher. Ce fut seulement alors qu'elle comprit.

Élisabeth rangea aussi ces tristes souvenirs dans le casier. Son travail fini, elle s'inquiéta pour Holmes. Pour moi aussi, certainement, mais il était bien normal qu'elle pensât d'abord à lui. Je crois que leur amour venait un peu de ce que tous deux avaient eu une enfance malheureuse et que tous deux avaient réussi à s'en accommoder. Ils y avaient gagné une indépendance d'esprit, que chacun reconnaissait chez l'autre. Les malheurs de l'enfance d'Élisabeth me furent révélés par les souvenirs du grenier. Je devais connaître l'ombre qui avait pesé sur l'enfance de Holmes, et la signification de ses hallucinations dans le cimetière, grâce à la conversation que nous eûmes en revenant à Brompton.

Nous n'étions plus très loin du collège et je souffrais du froid intense. Avec ces vingt degrés au-dessous de zéro, quand même la Tamise avait gelé par endroits, il n'y avait aucune perspective de réchauffement, mais Holmes était insensible au froid tant il brûlait de cette énergie qui épuisait ses amis. Quant à moi, je souffrais mille morts.

– Je devrais être chez moi à Carlisle, marmonnai-je. C'est Noël et je marche dans la nuit avec une bande de fanatiques à nos trousses. Et je vais être renvoyé du collège ! Bon Dieu, Holmes, dans quoi m'avez-vous fourré ?

Il ne se donna pas la peine de répondre. De temps en temps, il s'arrêtait, contemplait le symbole de Rame Tep sur la lettre reçue par Cragwitch et murmurait, pour lui-même :

– Eh Tar ! Rame Tep ! Eh Tar !

L'affaire l'absorbait tellement qu'il n'avait aucune pitié pour moi. Cela me rendit furieux et je m'emportai.

– Vous ne pouvez donc pas penser à autre

chose ? criai-je mais je crois qu'il ne m'entendit pas. Enquêter ! Déduire ! Rame Tep ! Eh Tar ! J'en ai assez de cette histoire, et j'en ai encore plus assez de vous !

Enfin, je m'étais soulagé le cœur. Je n'en étais pas fier pour autant et je plongeai mes mains dans mes poches. Dans ces occasions-là, rien ne vaut une pastille de menthe.

– Vous avez dit quelque chose, Watson ?

Cela prouvait qu'il avait entendu mon éclat.

– J'en ai assez de vous, répétai-je avec mauvaise humeur. J'en ai par-dessus la tête de vous, Holmes.

– Allons, allons, Watson, dit-il gaiement. Vous devez surveiller votre absorption de sucre.

– Ridicule !

– Sérieusement, Watson, insista-t-il de sa voix la plus aimable. Vous serez fatalement maussade si vous mangez trop de sucreries. « Trop de douceurs aigrissent le caractère », c'est un dicton de bonne femme, mais je le crois juste. Vous ne le connaissez pas ?

– Vos dictons de bonne femme ne m'intéressent pas. Je n'ai pas un caractère aigri. J'ai simplement besoin d'une bonne nuit de sommeil.

– Plus de pastilles de menthe pour vous, taquina-t-il.

Ma patience était à bout.

– Voilà que vous recommencez ! Toujours à affirmer, toujours à me critiquer. Vous bondissez sur le plus minuscule défaut !

J'étais tellement énervé, épuisé par le manque de sommeil, que je me contrôlais à peine. J'estimais avoir de bonnes raisons. Était-ce normal que Holmes, qui n'avait qu'un an ou deux de plus que moi, soit tellement obsédé par les énigmes et tînt à ce point à élucider cette affaire ?

Ne pouvait-il laisser Scotland Yard résoudre le mystère et arrêter les coupables ? Il semblait malsain et dangereux pour nous d'y être mêlés. Nous n'étions que des collégiens, après tout. Nous aurions dû songer à Noël, la saison de la bonne volonté, des réunions familiales. L'idée ne me vint pas sur le moment que Noël ne signifiait peut-être pas grand-chose pour lui ni qu'il pût ne pas avoir de foyer qui l'accueille.

Il se tourna vers moi.

– J'essaie de faire mon devoir, Watson. Il est important de vous faire observer l'erreur d'une trop grande absorption de sucre. C'était le conseil d'un ami.

Son haleine montait en vapeur dans l'air glacé, ses yeux étaient inquiets. Je me sentis tout à fait honteux. Il était sincèrement étonné que je me sois mépris sur son intention.

– Ma foi, c'est plutôt agaçant d'être traité ainsi. Je ne suis pas un enfant. Je suis presque aussi vieux que vous. Que pensez-vous de ça, Holmes ? Il doit y avoir une raison. La plupart des gens ne naissent pas avec un cerveau comme le vôtre. Personne d'autre, à ma connaissance, ne sait identifier quinze types de cuir à chaussures ou n'a fait une étude approfondie du tatouage. Votre connaissance des encres invisibles et des empreintes de pattes d'écureuil est assez unique, vraiment. Ce n'est pas normal, Holmes. Vous devez reconnaître que ce n'est pas naturel.

– Il y a quatorze types de cuir à chaussures, Watson, répliqua-t-il.

– Vous voyez ce que je veux dire ? Il faut toujours que vous soyez d'une précision exaspérante. Est-ce que c'est vraiment important ? Devez-vous absolument être toujours sûr de tout ? Nous n'avons pas tous un cerveau en forme d'ouvrage de référence, Holmes, bourré de détails curieux. Pas plus que la majorité des gens n'est obsédée par l'analyse et la déduction. Qu'est-ce qui a fait de vous l'éternel limier ?

Il me contempla tristement; je n'avais pas voulu le blesser.

– Vous tenez réellement à le savoir ? demanda-t-il.

Nous nous remîmes en marche et il me raconta son histoire :

– J'avais onze ans. Je me souviens. Mes parents n'étaient pas vieux. Ils s'étaient mariés avant vingt ans. Mais c'était un mariage auquel la famille de ma mère s'était opposée. Ils avaient dû beaucoup s'aimer. Pourtant, je ne me souviens pas de les avoir vus heureux. Quelque chose n'allait pas du tout, à présent. Le mariage battait de l'aile. Même à mon âge, je le savais.

– Les enfants sont très perspicaces, Holmes.

– Ils sont sensibles aux humeurs et à l'atmosphère, oui. Watson, avez-vous jamais eu un chat ?

Je fus tellement surpris par cette question que je m'arrêtai et le regardai. Je remarquai alors que la petite coupure causée par la bague de Rathe n'était pas complètement cicatrisée. Elle ressemblait à une égratignure de chat.

– Nous en avions un chez nous, dis-je.

– Nous aussi. Un vieux siamois appelé Mehatabel. Il m'intéressait beaucoup. Je devins un observateur de chat. Il était d'une grande sagesse. Notez qu'il m'observait aussi. Ils sont comme des enfants, vous savez. Il savait que j'étais malheureux, tout comme je savais que ma mère l'était. Elle essayait de le dissimuler. C'était inutile. Et je crois qu'elle savait que je savais.

Sa figure s'éclaira soudain.

– Watson, voilà une devinette !

« Je gis dans cette sépulture,
Victime d'eau minérale impure.
Si j'avais bu du bon bordeaux,
Je ne serais pas dans un tombeau. »

Je me mis à penser qu'il perdait la raison.

– De quelle ville d'eaux s'agit-il ? me demanda Holmes.

– Vraiment ! Comment voulez-vous que je le sache ? Je ne connais pas toutes les villes d'eaux anglaises !

– Le quatrain fait allusion à Cheltenham, dit-il. Sous la Régence, c'était une des plus élégantes. Mais vers le milieu du siècle, les eaux ont été polluées et ce fut un présage parce que, sur le plan mondain, la ville changeait aussi, pas pour le mieux pensèrent les vieilles familles de province. La gentry s'irritait de la voir envahie par des étrangers. Des familles anglo-indiennes s'y installaient après une vie passée outre-mer.

– Quel mal y avait-il à cela ?

– La gentry les méprisait. Ce n'était pas le genre de personnes qu'on invitait. Elles se vantaient sans cesse de leur grande vie aux Indes, où elles avaient régné en seigneurs et où les domestiques abondaient. Ces gens n'avaient pas les moyens de s'offrir des domestiques, en Angleterre. Les retraités des Indes trouvaient la gentry snob et peu accueillante. La gentry considérait les nouveaux venus comme des inférieurs. Ce n'était pas un bon mélange.

– Mais, Holmes, protestai-je, quel rapport l'histoire sociale de Cheltenham a-t-elle avec votre intérêt pour la déduction ? Comment cela vous est-il venu ?

– Le rapport est énorme, Watson, comme vous allez le voir si vous êtes patient et m'écoutez.

Ma mère appartenait à une vieille famille de province. Mon père au milieu anglo-indien. Son père avait été dans l'armée des Indes à Delhi; il y avait épousé une métisse. Quand mes parents se marièrent, la famille de ma mère se conduisit très mal. On aurait cru qu'elle avait honte de lui. Bien que ma mère fût aux petits soins pour lui, il se sentait mal à l'aise dans ce milieu. Il avait horreur de l'étroitesse d'esprit et des conventions sociales de cette ville, de ses ragots, de son snobisme. Nous l'adorions, Mycroft et moi, mais il ne s'était jamais senti vraiment détendu avec nous. Le mépris de la famille de ma mère avait réussi à le persuader qu'il était inférieur. Il n'a jamais vraiment réussi, dans quoi que ce soit. Je crois qu'il serait devenu un brillant avocat, s'il avait persévéré. Il était toujours du côté de l'exploité, de l'opprimé, de l'étranger, et la société de Cheltenham le traitait lui-même comme un étranger méprisable. Il est devenu un peu nonchalant, par moments il buvait beaucoup, et puis il s'est mis à disparaître, parfois pendant des jours.

Ces souvenirs pénibles faisaient trembler la voix de Holmes. Je regardais droit devant moi. Il reprit :

– Ma mère s'inquiétait terriblement. Les journées étaient longues pour elle, je le sentais. Quand mon père s'en allait, les nuits devaient être encore plus difficiles à supporter. Elle dormait mal. Sa beauté a commencé à se faner. Sa seule consolation, c'étaient ses fils. Je crois que j'étais son préféré. J'en ai toujours un peu de remords. Mycroft est un type tellement épatant. Elle me faisait des cadeaux. Elle le négligeait souvent. Elle m'emmenait partout avec elle, elle m'étouffait d'amour. Pauvre Mycroft ! Mais vous savez, Watson, un fils ne peut compenser la perte d'un mari. Je la voyais décliner.

Il garda un moment le silence. Ces réminiscences lui faisaient mal.

– Elle lisait beaucoup. Elle avait toujours beaucoup aimé la lecture et m'encourageait à lire. Il y avait toujours des livres qui traînaient. Elle jouait fort bien du piano, des pièces mélancoliques qui faisaient écho à sa tristesse. C'est à elle que je dois mon amour de la musique. Son mari lui manquait. Elle était souvent malade... La crise a éclaté un soir, au retour de mon père d'une absence inexpliquée. Je crois qu'il ne s'est même pas donné la peine de chercher une excuse ou d'inventer une explication. Mycroft était alors en pension. Je me souviens que je me suis mis à pleurer dans ma chambre, quand je les ai entendus crier. Une aigre querelle se déroulait, brisant irréparablement tout espoir de paix. Elle l'accusait de voir d'autres femmes, d'avoir des aventures, et il avait beau le nier, je savais que c'était la rupture.

– Pauvre Holmes, murmurai-je.

– Non, Watson. Holmes avait décidé de faire quelque chose.

– Que pouviez-vous faire ? Que peut faire un enfant dans de telles circonstances ?

– J'ai décidé de prouver que ma mère avait tort. Je refusais de croire que mon père était infidèle. Je savais qu'il se prenait pour un raté. C'était pour ça qu'il s'en allait, j'en étais sûr. Je m'étais convaincu que c'était cela, l'explication. Naturellement, il ne pouvait le dire à ma mère, il était trop fier. D'ailleurs, il avait nié qu'il aimait une autre femme. Mon but était de prouver qu'il disait la vérité.

– Comment vous y êtes-vous pris ?

– Je suis devenu détective, Watson. J'ai surveillé ses moindres mouvements. Quand il était à la maison, j'observais tous les détails. Quand il revenait d'une mystérieuse absence, mon observation devenait encore plus pénétrante. Je cherchais des indices qui prouveraient son innocence. Je m'instituais son juge. Est-ce que c'était un cheveu de ma mère sur son revers ? Ses souliers étaient-ils éculés d'avoir beaucoup marché ? Sa peau révélait-elle une exposition au soleil ? La chemise qu'il portait était-elle semblable à celles qu'il avait l'habitude d'acheter ou avait-elle été choisie pour lui ? C'était affaire d'observation et de déduction. Et c'est devenu une obsession.

– Je comprends...

– La logique, ensuite, était de le suivre. Je disais à ma mère que je partais en excursion avec mon ami Tom Smith. C'était le nom que j'avais inventé pour ce compagnon imaginaire. Elle croyait que j'allais à Londres visiter les musées, les galeries ou le zoo, avec Tom. Elle approuvait ces expéditions. Plus d'une fois, elle a voulu inviter mon ami fictif à prendre le thé.

» Avec mon argent de poche, j'achetai des billets de troisième classe pour les trains que je savais que mon père prenait. Je devins très habile, un expert de la filature. Je me familiarisai aussi avec les rues de Londres, du centre. À la fin de la journée, je connaissais ses moindres allées et venues. J'étais un observateur patient. Cela commençait à me plaire, c'était devenu un jeu, cette poursuite d'un gibier dans les rues de la ville. Mais j'étais un chasseur qui ne voulait pas attraper sa proie. Je ne voulais pas qu'il y ait une autre femme.

– Est-ce qu'il y en avait une ? demandai-je doucement.

– Par une soirée d'été étouffante, à Mayfair, je surveillais une certaine petite rue donnant dans Curzon Street. J'avais vu mon père entrer dans une maison. Il avait une clef. Pendant deux heures, j'ai attendu, en redoutant ce que je verrais peut-être quand il partirait. Quand il reparut, il n'était pas seul. Il avait une très belle femme à son bras. Ils souriaient. Elle était radieuse. Ils étaient indiscutablement amoureux. Je la revois encore. Elle ressemblait singulièrement à ma mère, avant qu'elle soit minée par le souci et la maladie. Je n'éprouvai aucun sentiment de victoire, rien qu'un indescriptible désespoir.

– Vous l'avez dit à votre mère ?

– Hélas oui. Aujourd'hui encore, je ne sais pas si j'ai eu raison. N'oubliez pas que j'étais un enfant désorienté, malheureux. Avant de le dire à ma mère, j'ai affronté mon père, je l'ai accusé. Il m'a répondu que je me trompais. Je ne pouvais absolument pas l'avoir vu à Mayfair; il dînait à Bayswater à ce moment-là. Je lui ai répliqué qu'il mentait; j'avais horreur de m'entendre dire cela. Je l'aimais tendrement. Et puis, avec une tristesse infinie, il a avoué. Il aimait une autre femme.

– Qu'a fait votre mère ?

– Elle a quitté mon père. Mycroft et moi sommes allés vivre dans sa famille à elle. Je ne me suis jamais senti chez moi, avec eux.

– Ainsi, c'est comme ça que vous êtes devenu détective.

– Précisément, c'est ainsi que tout a commencé. L'habitude m'est restée et elle ne m'a jamais quitté. Je me suis mis à lire tout ce que je trouvais sur le sujet, des histoires criminelles, des mémoires, des relations de procès. Ce qui m'intéressait, voyez-vous, c'est la faillibilité des gens. Parce que c'est la clef de la nature humaine. Nous pouvons tous voir ce qu'il y a à la surface. C'est extrêmement simple. C'est le dessous de la vie qui me fascine.

– Depuis que je vous connais, cela me fascine aussi, dis-je. Mais chez vous c'est une obsession.

– Je le reconnais. J'ai mis mon âme à nu devant vous, semble-t-il. Je vous ai raconté comment tout a débuté, ce souci du mobile caché, cette recherche de vérités invisibles. Vous avez pu penser par moments que je voulais me rendre intéressant. Mais c'est ma passion. Peut-être aussi ma malédiction.

– Pas une malédiction, Holmes. Disons plutôt une magnifique obsession.

Cette réflexion lui plut. Il se rasséréna, se détendit.

– Allons, Watson, assez du passé. Nous devons retourner à notre affaire. Qui diable est Eh Tar ?

Nous gardâmes le silence pendant assez longtemps. Bientôt, nous aperçûmes le mur du collège. Il nous faudrait l'escalader, car Holmes ne devait pas être vu. Alors que nous nous préparions à grimper, je le vis porter une main à sa joue. L'égratignure s'était remise à saigner. Cela lui rappela Rathe.

– Mon Dieu ! s'exclama-t-il en pâlissant de surexcitation. Comment ai-je pu être aussi stupide ? C'est Rathe, naturellement ! Watson, l'affaire se corse.

14

Après avoir promené Uncas dans la cour, en prenant bien soin de ne pas être vue, Élisabeth essaya de se reposer sur le vieux canapé favori de son oncle en attendant notre retour. Mais sa mission dans le grenier, qui avait ranimé tant de souvenirs, l'avait fatiguée. Elle se dit que si elle s'assoupissait, Uncas l'avertirait de notre arrivée.

Elle appela le fidèle petit terrier mais il ne voulut pas se coucher. Quelque chose l'inquiétait. Il trottinait dans tout le grenier, très agité. Il allait gronder à la porte, courait à la fenêtre. Son instinct semblait lui dire qu'une menace planait.

Élisabeth savait que les animaux possèdent des sens plus aigus que les humains, parce que nous négligeons les nôtres. Ils perçoivent des présences dangereuses et nous en sommes malheureusement incapables. Uncas obéissait-il en ce moment à un sixième sens ?

– Viens là, appela-t-elle. Viens avec moi.

Mais le terrier continua de gémir. Son inquiétude était communicative, mais la jeune fille refusait de croire aux fantômes. Elle pensa que le chien était simplement impatient que Holmes revienne.

Elle finit par s'assoupir un peu et fut réveillée par un bruissement. Puis elle entendit ce terrible tintement. Tout à fait éveillée maintenant, elle vit que les poils du chien se hérissaient. Entre les rideaux, une main surgit qui se posa sur son épaule. Elle eut trop peur pour hurler. Quand le poignet se révéla, elle vit un bracelet d'où pendait une amulette, une tête de dieu égyptien. Les rideaux s'entrouvrirent. Mrs Dribb apparut.

Au premier abord, Élisabeth crut à une ridicule comédie. Elle connaissait bien Mrs Dribb, elle avait du respect pour elle. Malgré la sévérité dont elle avait fait preuve la veille, après qu'ils avaient été découverts, c'était quand même la brave infirmière du collège. Quand les garçons étaient malades, elle les soignait avec dévouement, elle écoutait leurs ennuis avec compassion, elle pansait leurs plaies. Par conséquent, en dépit du choc et de l'incompréhension, Élisabeth attendait une explication.

Elle attendit en vain. En un rien de temps, Mrs Dribb fit clairement savoir que ses intentions étaient violemment agressives. Elle saisit Élisabeth entre ses bras et tenta de la clouer sur le canapé. Sa force tranchait avec sa réputation de douceur et la jeune fille fut trop ahurie pour résister.

Uncas, cependant, n'avait pas ces doutes ni ces inhibitions. Quand l'infirmière attaqua, le chien fut prompt à défendre sa maîtresse. Il saisit la jupe de Mrs Dribb et la déchira; en le repoussant, elle glissa et tomba lourdement par terre. Uncas revint à la charge et la grosse femme tenta de se ruer sur lui comme un chat sauvage. Mais Uncas était décidément plus agile. De plus, il avait découvert le point faible de l'ennemi. Cet épais chignon au sommet de la tête était trop tentant. Il y mordit gaillardement. Et, à la surprise d'Élisabeth et à la joie du chien, le chignon lui resta dans la gueule. Il partit en courant, triomphalement. Mrs Dribb portait une perruque.

Mais il n'y avait pas de quoi crier victoire. Sans son postiche, l'infirmière chauve était encore plus effrayante. Elle avait le crâne rasé, à l'exception d'une mèche verte taillée en forme de serpent. Cette image de la compassion, cette nouvelle Florence Nightingale, était une disciple de Rame Tep !

Élisabeth retrouva enfin l'usage de la voix et poussa un cri perçant. Puis elle bondit vers la porte, suivie par Uncas. Le battant s'ouvrit au moment où elle allait l'atteindre et elle se trouva nez à nez avec Rathe. Quel soulagement ce fut de le voir ! Elle l'implora aussitôt d'une voix pressante, en lui indiquant l'infirmière chauve.

– Regardez, monsieur ! Mrs Dribb n'est pas ce qu'elle paraît ! Elle fait partie d'une secte cruelle. C'est une meurtrière !

La réaction de Rathe ne fut pas du tout ce qu'elle attendait. Elle le vit lui rire au nez ! L'horrible vérité commença à se faire jour. Lui aussi était un disciple ! Et ce qu'il dit le confirma :

– Vous avez découvert notre petit secret. Maintenant vous devez me dire où sont vos amis. Est-ce qu'ils sont revenus de leur visite au manoir ?

Élisabeth était au désespoir. Il avait su où était allé Holmes. L'avait-il suivi là-bas ? Peut-être y avait-il eu du vilain... ou bien bluffait-il ? Holmes et Watson étaient-ils en danger ? La monstruosité de la duperie stupéfiait Élisabeth mais renforçait sa résolution de ne rien révéler.

– Vous ne les trouverez jamais ! lança-t-elle comme un défi.

Néanmoins, elle n'arrivait pas à croire à ce qui arrivait. Rathe avait été un héros pour Holmes. Entre tous les maîtres du collège, c'était celui qu'il avait le plus respecté, à l'exception peut-être de Waxflatter, mais ce respect était fondé sur le sentiment ainsi que sur de l'admiration pour ses recherches. Pour Holmes, le maître d'armes symbolisait l'honnêteté, la noblesse de cœur. Il admirait sa coordination physique et mentale. C'était d'ailleurs le principe de Holmes aussi, que l'homme devait rechercher la perfection. Il ne serait pas exagéré de dire que Rathe avait été un peu un surhomme, pour lui.

Quel choc ce serait quand il découvrirait son véritable caractère ! Rathe était l'essence du mal.

– Vous ne trouverez jamais Holmes, répéta-t-elle. Mais il vous trouvera.

Rathe resta impassible. Il souriait suavement, indifférent au fait que l'infirmière et lui avaient été démasqués. La sensibilité de la jeune fille n'était rien pour lui. Mais elle avait elle-même une importance; il savait exactement à quoi elle allait lui servir.

Il leva la main qui portait sa bague unique, celle qui avait coupé la joue à Holmes, et son vif éclat frappa les yeux d'Élisabeth. Il remua la main, régulièrement, à droite et à gauche. Elle suivit la bague des yeux, d'un côté, de l'autre, d'un côté, de l'autre, attirée par le scintillement. Il l'hypnotisait.

Elle fit un effort pour se ressaisir, mais l'éclat de la pierre était trop puissant, trop insistant. C'était un calmant, qui l'apaisait, qui chassait ses craintes, qui provoquait un faux sentiment de sécurité. Elle avait uniquement conscience d'un mouvement lumineux et d'un irrésistible besoin de dormir.

– Vous ne le trouverez jamais. Il vous trouvera. (Était-ce sa voix qui répétait ces mots ? Elle lui semblait si lointaine !) Holmes, venez vite, j'ai besoin de vous.

Mais il n'y avait plus de lumière, nulle part. Elle avait capitulé. Elle était hypnotisée, en transe.

Mrs Dribb s'était relevée. Uncas avait fait un beau gâchis de la perruque. Il courait en tout sens, bondissait, venait lui mordre les jambes en grondant. L'infirmière retrouva un peu de sa dignité.

– Qu'allons-nous faire de cette fille ? demanda-t-elle.

La question surprit Rathe.

– N'est-ce pas tout à fait évident ? Nous avons trouvé notre cinquième princesse !

Son sourire était maintenant plus sinistre. Mrs Dribb souriait aussi, de satisfaction. Ils portèrent Élisabeth à travers le grenier et dans l'escalier.

– Sale chien ! grommela Rathe car Uncas lui mordait la cheville. Je vous avais dit de le mettre à la fourrière.

Il donna un violent coup de pied au chien qui s'enfuit en hurlant. Ils portèrent Élisabeth dans un véhicule qui attendait.

Holmes et moi étions arrivés au mur quand nous vîmes passer le landau à toute allure. Il se dirigeait vers l'est, vers les docks. Sur le siège du cocher, Rathe fouettait les chevaux pour les lancer au grand galop. À l'arrière, il y avait Mrs Dribb et Élisabeth hypnotisée. Holmes poussa un cri étouffé.

– Mon Dieu ! Ils l'emmènent au temple ! Dieu sait ce qu'ils vont lui faire ! Ils sont même capables de la sacrifier ! Nous devons agir vite, Watson, si nous voulons la sauver.

– Mais comment diable ferons-nous ? demandai-je d'une voix désespérée. Ils ont une trop grande avance sur nous.

– Il ne faut jamais désespérer, dit Holmes mais c'était terrible de voir sa figure angoissée.

Soudain, la solution se présenta.

– Il n'y a qu'un moyen d'arriver au temple à temps, dit-il. Watson, suivez-moi. Nous montons sur le toit.

– Holmes, vous ne voulez pas dire...

Il m'interrompit :

– Vous avez bien deviné mon intention. Oui, Watson, nous allons voler !

Tout épouvanté que je fusse par le triste sort d'Élisabeth, car je l'aimais beaucoup, le projet de Holmes me terrifia. À ma connaissance, les tentatives de Waxflatter pour défier la gravité s'étaient toutes mal terminées. Comment Holmes pouvait-il placer tout son espoir dans l'ornithoptère ?

Il débordait de confiance et ne cessait de parler. Je supposai que c'était pour ne pas trop penser à Élisabeth.

– La gravité est un adversaire impitoyable, disait-il alors que nous nous dirigions vers le toit, mais c'est notre seule chance. Voyez-vous, Waxflatter a travaillé au problème de l'envergure, jusqu'à sa mort. Depuis lors, j'ai un peu bricolé.

– Vous a-t-il expliqué quels étaient les problèmes ? demandai-je en estimant que j'avais bien le droit de le savoir.

– Je crois que cela concernait la longueur des

ailes. Il n'a jamais été très clair. Comme moi, il suivait son intuition. Vous vous rappelez ce qu'a dit le boutiquier, quand le vieux monsieur est mort à ses pieds ? De petites créatures ailées l'attaquaient. Dans son subconscient, il voyait des petits lutins ravageurs. C'était ce qui n'allait pas dans sa machine. C'était la signification de ses hallucinations.

– Est-ce qu'il a fait quelque chose pour rectifier ces ennuis ?

– Il a rallongé les ailes.

Nous avions maintenant atteint le toit et Holmes commençait à examiner l'ornithoptère.

– Voyez-vous la modification qu'il a apportée à l'aile bâbord ?

Je vis ce qui avait l'air d'un bout de tuyau, débordant de l'extrémité. Je ne compris rien à l'affaire.

– Cela soulage la fatigue du fuselage. Waxflatter s'y connaissait en aérodynamique.

Tout cela n'était que du chinois pour moi. Je n'avais aucune envie d'être un homme-oiseau. La terre est mon élément naturel. Je ne supporte pas les hauteurs.

– Heureusement, tous les défauts sont corrigés, annonça Holmes en se harnachant sur l'appareil. Si notre travail est réussi, nous devrions prendre bientôt l'air. Préparez-vous à l'envol, mon bon ami.

– C'est de la folie, Holmes !

À ce moment, Uncas apparut. Il remuait la queue, heureux de nous avoir trouvés.

– Prenez-le à bord, Watson, ordonna Holmes. Et prenez vous-même le siège du passager.

Jusqu'à ce jour, je suis incapable d'expliquer pourquoi j'obéis. Il était toujours bien difficile de résister aux enthousiasmes de Holmes. Je me retrouvai donc à bord d'une machine volante, avec un pilote tout à fait inexpérimenté et un petit terrier sur les genoux. Je fermai les yeux. Il y eut une terrible secousse. Je sentis le déplacement d'air quand nous dévalâmes la rampe. Holmes pédalait furieusement, mais le nez de l'appareil se pointait vers le bas. Il pédala plus fort. La machine commença à zigzaguer. Elle semblait avoir une volonté bien à elle.

– Pour l'amour de Dieu, Holmes ! Pédalez plus vite ! hurlai-je.

Nous descendions dans la direction de la gare de Brompton ! Enfin, à notre grand soulagement, l'ornithoptère commença à s'élever. Nous planions dans l'air glacial, nous grimpions. De plus en plus haut, nous volâmes, évitant adroitement l'Oratoire de Brompton pour virer de bord vers le Parlement de Westminster.

– Ça marche ! cria Holmes. Ça vole vraiment !

Soulagés, nous éclatâmes de rire, oubliant un instant le danger mortel couru par Élisabeth.

Je m'efforçai de ne pas distraire Holmes.

– À droite ! dis-je très vivement car je craignais que nous ne fussions pas assez haut pour survoler Big Ben. À vrai dire, nous devrions aller dans l'autre direction. Il vaudrait mieux remonter le Strand. Ensuite, nous pourrons chercher la Tour de Londres, conseillai-je, ce qui parut lui déplaire et je me défendis. Je voulais simplement vous aider.

En réalité, j'étais tout à fait content de moi. Il me semblait avoir bien assumé le rôle de navigateur et, finalement, je savourais cet incroyable vol. Un jour, me disais-je, des océans et des continents seront peut-être franchis de cette façon. Il est toujours passionnant d'être le premier. Soudain, je fus arraché à ma satisfaction. Nous avions failli nous écraser sur le viaduc de chemin de fer de Charing Cross.

– Holmes ! Pour l'amour du ciel, volez plus haut ! Votre chemin le plus direct, c'est de longer la Tamise. Vous n'avez qu'à la suivre, Holmes.

– N'est-ce pas merveilleux ? hurla-t-il dans le bruit du vent.

Nous n'entendions pas le grondement de la ville. Au-dessous de nous, Londres s'étalait à nos yeux comme un jouet.

– Concentrez-vous simplement sur votre vol, conseillai-je.

Je réglai ma montre à l'horloge de Saint-Paul et suçai une pastille de menthe. Il était cinq heures moins le quart.

En dépit d'un calme apparent, j'aurais voulu prier. Mais n'étant pas d'une piété excessive, je ne savais à quel dieu m'adresser. J'aurais pu me décider pour Icare si je n'avais pas réfléchi qu'il était le précurseur de la catastrophe aérienne. Il avait été le premier à s'écraser.

15

Au-dessous de nous, l'immense ville s'éveillait sous sa couverture de neige. Le jour ne se lèverait pas avant deux heures encore et pourtant il y avait beaucoup de têtes levées. Les gens regardaient avec stupeur, incapables d'en croire leurs yeux. Je vis un prêtre se signer, des amoureux dans un parc courir se mettre à l'abri, un jeune coursier tomber de sa bicyclette et une petite fille se pencher courageusement à sa fenêtre et agiter la main.

C'est merveilleux, tout ce que l'on peut voir du haut des airs. Cet extraordinaire voyage, ces débuts d'aviateur me donnaient un point de vue entièrement nouveau. Je me suis souvent demandé, depuis, de quoi notre planète a l'air, vue des lointaines étoiles. Notre petit monde sera-t-il visité, dans les siècles à venir ? Y aura-t-il rencontre d'espèces extraterrestres ?

Nous étions presque arrivés.

– Pouvez-vous poser cette mécanique ? criai-je.

Notre attention fut détournée. Nous apercevions, à terre, ce qui devait certainement être la voiture de Rathe, galopant à travers Aldgate à une allure alarmante.

– Qu'est-ce que vous dites, Watson ?

J'allais répéter ma question quand il m'interrompit :

– Un instant, Watson, s'il vous plaît. J'étais sur le point de vous dire que je n'ai pas la moindre idée de ce que l'on doit faire pour poser cet engin.

Mon cœur se serra mais je demeurai vigilant. Nous étions maintenant à une plus basse altitude et l'entrepôt se trouvait juste au-dessous de nous. Nous vîmes arriver le véhicule de Rathe. Il sauta à terre et Mrs Dribb aida Élisabeth à descendre. La pauvre fille marchait comme une somnambule, totalement hypnotisée.

– Cramponnez-vous, Watson ! Nous allons atterrir !

Je refusai de regarder.

Holmes rétropédalait. Un violent courant d'air venant d'une autre direction souleva le nez de la machine. Uncas se serra contre moi. Nous tombions.

– Nous allons heurter l'entrepôt ! m'écriai-je.

Holmes pédala furieusement et, par miracle, reprit le contrôle de l'engin. Nous descendîmes lentement, de plus en plus bas, en direction de la Tamise gelée !

Notre chute brisa la glace. La machine plongea dans l'eau glaciale. Nous en sautâmes juste à temps et fîmes des bonds de glaçon en glaçon, avec Uncas sur nos talons, jusqu'à la berge. Quand nous nous retournâmes nous vîmes disparaître la machine. Il ne restait rien de l'ornithoptère de Waxflatter, pas la moindre trace. C'est sans doute pour cela que l'Histoire n'en fait nulle mention.

Nous n'avions pas le temps de le regretter.

– Venez vite, Watson. Nous devons pénétrer dans le temple.

Nous marchâmes vers l'endroit où nous avions vu le sommet de la pyramide. Nous l'avions cru en granit, mais Holmes était maintenant d'un autre avis.

– Cela pourrait bien être un décor de théâtre. Ayez la bonté de me passer cet outil.

Il y avait près de moi un de ces instruments qu'utilisent les tonneliers pour clouer les douves des barriques. Holmes s'en servit pour attaquer la base du cône. Il ne s'était pas trompé; c'était en bois. Et cela se soulevait de la structure principale.

Quand nous regardâmes vers le bas, nos pires craintes furent confirmées. Élisabeth était conduite à l'autel pour être momifiée.

Un grand prêtre faisait face à l'assemblée; près de lui, il y avait cinq cercueils. Un seul était vide et il n'était pas difficile de deviner à qui il était réservé. Avant qu'il mette le masque d'Anubis, nous vîmes que ce grand prêtre était Rathe.

Je ne devais plus jamais revoir Holmes aussi bouleversé.

– Ils vont l'assassiner, murmura-t-il.

Puis il reprit courage et redevint un homme d'action. Il descendit par le trou en me disant :

– Watson, allez au sous-sol. Il y a un passage vers le temple, par-là.

Je suivis ses instructions et me cachai derrière un pilier. Holmes descendait par une chaîne de fer soutenant l'énorme lustre. L'assemblée était tellement absorbée par ses rites que ni Rathe ni ses disciples ne le remarquèrent. Mais le lustre, en se balançant, projeta une ombre et un disciple se leva pour aller voir ce qui se passait. Je m'aperçus que c'était Mrs Dribb.

Holmes essayait d'atteindre un levier qui abaisserait le lustre jusqu'au sol. Mais Mrs Dribb l'observait, de l'ouverture au-dessus de lui. Elle le visa, tira une fléchette et, voyant qu'elle avait manqué Holmes, elle s'élança et le rejoignit sur le lustre. Ils se battirent, des pieds et des poings, pour la possession de la sarbacane.

Quand Rathe vit ce qui se passait, il pressa les embaumeurs d'aller plus vite. Bientôt, Élisabeth fut conduite au cercueil.

Je me glissai derrière l'autel où, dissimulé par une tapisserie, je pus voir la malheureuse jeune fille. J'allais prendre mon élan pour courir la délivrer quand tout à coup un tumulte infernal se déchaîna.

Mrs Dribb, touchée par une fléchette, tomba sur le sol en hurlant. Le lustre se détacha du plafond et s'écrasa aussi, en dispersant ses bougies allumées parmi la congrégation et en mettant le feu aux tapisseries. Bientôt, le temple tout entier s'embrasa.

Je m'emparai d'une épée abandonnée et me précipitai au secours d'Élisabeth mais Rathe me devança, la saisit et s'enfuit. Empêtré dans la chaîne de fer, Holmes était cloué au sol.

Je trouvai une longue corde, l'enroulai autour de lui et, tenant l'autre extrémité, je poursuivis Rathe jusqu'à sa voiture, où il jetait Élisabeth. Il me lança un coup d'œil méprisant et grimpa sur le siège du cocher. J'attachai la corde à l'essieu arrière et, à mon soulagement, la tactique fonctionna. Lorsque Rathe fouetta les chevaux, la corde détacha le siège arrière, le laissant galoper tout seul dans la première moitié du véhicule. Elle arracha également Holmes au temple en feu.

Nous ne perdîmes pas de temps à ranimer Élisabeth mais, pendant que Holmes l'étreignait,

Rathe reparut. Dans une main il avait un pistolet, dans l'autre une épée. Holmes lui tournait le dos. Seule Élisabeth vit ce qu'il allait faire. Elle repoussa Holmes d'un côté et ce fut elle que la balle frappa. Rathe courut vers la Tamise.

Nous la portâmes sur le quai et la fîmes asseoir aussi confortablement que le permettait ce lieu désolé.

– Vous ne risquez plus rien, lui dit Holmes sans s'apercevoir qu'elle était grièvement blessée. Restez avec elle, Watson. Je vais poursuivre ce démon.

Il prit l'épée que j'avais emportée. Élisabeth tendit une main.

– Holmes...

Il hésita. Elle lui fit signe de partir.

– J'attendrai, murmura-t-elle.

Mais je sentais qu'elle était mortellement blessée.

Pendant toutes les années où je fus son ami, Holmes resta réticent sur son dernier duel avec Rathe. D'après le peu que je pouvais voir du quai, d'après ses blessures, ce fut un combat désespéré.

Inquiet pour la jeune mourante, je ne pus qu'entrevoir cet affrontement, en ombres chinoises dans les premiers rayons de l'aube. Mais il ne perdit rien de son aspect dramatique, tandis que les deux adversaires de force égale se mesuraient, d'abord sur le quai, puis sur la glace du fleuve.

À son début, le duel avait cette grâce athlétique que doit avoir l'escrime entre hommes chevaleresques. Car c'est un sport aussi vieux que l'Histoire. Un bas-relief du temple de Madinet-Habu près de Louqsor, en Haute-Égypte, construit deux mille ans avant Jésus-Christ, représente même un combat d'escrime et il est certain que tous les anciens peuples, des Perses jusqu'aux Romains, la pratiquaient, par plaisir ou à la guerre.

Mais leur haine mutuelle était telle que ce combat entre Holmes et Rathe fut un duel à mort.

De loin, il me semblait qu'aucun ne pourrait être vainqueur, bien qu'ils se battissent comme des possédés. Ils se fendaient avec une fureur démente, paraient, se dégageaient; leurs armes ressemblaient à des bois de cerfs en rut. Des coups qui auraient abattu des hommes moins adroits furent donnés et reçus, et le cliquetis du métal se répercutait dans l'air du petit matin.

Enfin, je vis l'un d'eux tomber du quai sur le pont d'un bateau amarré qui avait été tiré vers la berge. Il penchait vers le fleuve. Je ne savais pas quel combattant était tombé mais il fut bientôt rejoint par l'autre. Rathe trancha alors l'amarre d'un coup d'épée puissant et le bateau glissa de son appontement.

L'impact brisa la glace. L'embarcation disparut sous les flots. À présent, les deux hommes ferraillaient sur les glaçons, s'infligeant de terribles blessures. D'un geste que je trouvai lâche, Rathe se débarrassa de sa cape de tweed et la lança vers Holmes, pour tenter de l'aveugler. Mais le jeune adversaire l'évita, s'en saisit et riposta si farouchement que le coup prit Rathe par surprise. Il me parut lâcher son épée, perdre l'équilibre et tomber à la renverse sur la glace fragile.

J'attendis impatiemment. Rathe ne reparut pas. Le fleuve l'avait emporté. Holmes jeta son épée dans la Tamise. C'était un geste de dédain. Il ramassa la cape et revint vers nous.

Il n'avait aucune expression triomphante. Élisabeth était son unique souci.

Il s'accroupit près d'elle et la prit dans ses bras. Je me détournai gravement. J'entendis la voix faible de la jeune fille :

– Il ne faut pas être triste. Nous avons eu de la chance, tous les deux, Holmes. Nous nous sommes aimés, d'un amour pur. Je vous attendrai.

Elle se tut et ne bougea plus. Élisabeth était morte.

Je m'approchai de Holmes. Il pleurait. Je voulais le consoler, mais aucun mot ne me semblait convenir. Ne sachant que faire, je regardai l'autre berge.

Une silhouette obscure émergeait de l'eau et grimpait laborieusement à terre. Holmes la vit aussi.

– Ce doit être Rathe, marmonna-t-il mais nous ne pouvions absolument rien y faire.

La silhouette disparut sous les arbres de la rive opposée. Holmes était trop épuisé pour le poursuivre. D'ailleurs, un détachement de la police arriva à ce moment, Lestrade en tête. Il dépêcha des véhicules de pompiers vers le temple en feu. Nous savions que tout y avait été détruit.

Lestrade évalua la situation. Je dois reconnaître que lorsqu'il comprit les tragiques circonstances, il tenta de consoler Holmes. Mais après un dernier regard éploré à Élisabeth, mon camarade se détourna. Le cauchemar de Rame Tep était fini, mais à quel prix !

– Venez, Watson, dit-il en me prenant par le bras. Nous pouvons quitter maintenant cet endroit maudit.

Il allait avoir besoin de tout son courage pour affronter la nouvelle journée.

– Vous pouvez nous laisser faire, Holmes, lui

lança Lestrade. Nous allons ramasser tous les gens de Rame Tep qui n'ont pas péri dans le temple. Merci, Holmes.

Une manière de nous renvoyer. Mais cela ne nous faisait rien.

16

Comme le savent les admirateurs de Holmes, j'ai toujours eu l'habitude de conclure le récit d'une affaire en lui demandant comment il était parvenu à certaines conclusions dans le cours de son enquête. Il n'y eut pas d'exception à ce qui devait devenir ma règle générale.

– Quand avez-vous soupçonné que Rathe avait un rapport avec Rame Tep ?

– La toute première fois où nous sommes allés au temple, répondit-il. Il devait être là. Sinon, comment aurait-il su que je n'avais pas quitté Londres, après mon expulsion ?

– Et quand avez-vous deviné que Rathe et Eh Tar ne faisaient qu'un ?

– Lorsque ma coupure s'est remise à saigner. Cela m'a rappelé la bague de Rathe, qui portait l'emblème de Rame Tep.

– C'étaient là vos seuls indices ?

– Non, j'ai fait le rapprochement entre la présence de Rathe au collège et celle de Waxflatter. Tous les membres du consortium du Caire étaient en rapport avec lui. Cela mettait donc Rathe en contact avec eux, lui aussi.

– Pourquoi les Égyptiens ont-ils attendu si longtemps pour se venger ?

– Ils devaient attendre une génération. Le premier fils éligible, à la suite du carnage autour des tombeaux, fut chargé d'une autre mission. Il y avait une affaire plus urgente. Une petite histoire d'assassinat au Tibet. Ils nommèrent Eh Tar le fils éligible de la génération suivante, et l'envoyèrent en Europe pour son éducation. Puis il vint en Angleterre afin d'organiser le recrutement de la secte et construire un temple.

– Qui était Mrs Dribb ?

– La sœur d'Eh Tar. Rathe avait obtenu pour elle la place d'infirmière au collège.

– Pourquoi n'entendions-nous pas le tintement, quand elle accomplissait son travail à Brompton ?

– Cela m'a intrigué aussi, avoua Holmes, jusqu'à ce que je comprenne que son uniforme était si serré, particulièrement aux poignets, qu'il empêchait le mouvement du bracelet et, par là même, le cachait.

– Ahurissant, Holmes !

– Élémentaire, mon cher Watson.

– Mais ne négligez-vous pas un autre indice ? hasardai-je.

– Éclairez-moi, je vous prie.

– Épelez Rathe à l'envers, Holmes.

– Tiens, en effet ! Cela fait Eh Tar.

Il était déconcerté mais s'en tira par une impertinence.

– Vous avez l'étoffe d'un détective, me dit-il.

– Holmes, c'est Noël et je vous apporte un cadeau.

Il portait déjà la cape de Rathe comme un trophée et il était coiffé de la vieille casquette de chasseur de daims de Waxflatter. Je lui offris ma pipe. Ainsi paré, il avait une allure tout à fait caractérisée.

– Voici comment je me souviendrai de vous, lui dis-je, puis je me rappelai sa devinette. Holmes, l'ours est blanc.

– Votre raisonnement ?

– Où trouverait-on une maison qui donne uniquement au sud, de tous côtés ? Au pôle Nord, bien entendu. C'est donc un ours polaire.

– Bravo, Watson !

Et même Uncas remua la queue.

... Tout cela se passait il y a longtemps. À présent, même nos années à Baker Street sont dans le passé. Et Holmes est une personnalité au renom international.

Il y a quelque temps que je ne l'ai pas vu. Avec le temps, ma femme est devenue de plus en plus possessive. Elle aime que je sois à la maison. Cela convient assez à un homme de mon âge. Cependant, il y a environ un mois, par un bel après-midi d'automne, mes pas m'ont ramené à Baker Street. Je fus tenté de monter, mais me ravisai. Holmes aussi vivait peut-être maintenant avec ses rêves.

Cependant, je ne pus m'empêcher de me demander si les choses avaient changé. Gardait-il toujours ses cigares dans le seau à charbon, son tabac dans une pantoufle persane ? Ses grands albums de coupures de presse et de photos étaient-ils toujours en désordre ? Y avait-il encore des traces de balles sur le mur ? Je le voyais presque, entrant dans ma chambre une bougie à la main, pour me réveiller et m'entraîner dans une nouvelle affaire.

– Watson, l'affaire se corse ! s'exclamerait-il.

« Vous étiez mon unique point fixe dans un monde changeant », m'avait-il dit un jour. Mais quelle défense contre le changement avait-il maintenant ? Il ne s'était jamais marié.

Je retournai à Kensington, auprès de ma femme qui m'attendait anxieusement. En traversant Hyde Park, pourtant, j'imaginai que j'étais suivi, tout au moins par une foule de souvenirs.

– Je n'ai vu personne, aurais-je dit à Holmes.

– C'est exactement ce qu'on peut s'attendre à voir quand je vous suis, aurait-il répliqué.

REMERCIEMENTS

Bien qu'il y ait eu de nombreux pastiches de Sherlock Holmes, nul ne peut s'y risquer sans une étude approfondie des œuvres de Sir Arthur Conan Doyle. Ce faisant, on éprouve pour elles et pour leur créateur un profond respect mais l'on ne peut décrire comme il convient cet art de tenir le lecteur en haleine et de faire croire à une forme de magie.

Il y a des mythes qui demeurent dans la conscience. Ils sont faits pour être transmis aux nouvelles générations qui, inévitablement, deviennent à leur tour des admirateurs fidèles. Si ce récit est jugé intègre, il encouragera le processus. Cette pensée était à l'esprit de ceux qui ont tourné le film. Les réalisateurs, comme les acteurs, ont tous respecté le créateur de Sherlock Holmes.

J'ai puisé à d'autres sources. Tout en ayant vécu au Caire dans ma jeunesse, je n'étais pas assez mûr alors pour apprécier ses merveilles ou apprendre son incomparable histoire. Les cinq ouvrages suivants m'ont guidé à travers l'antiquité et les sables du désert : *A Thousand Miles up the Nile*, d'Amelia B. Edwards; le classique de Wilfred Thesiger, *Arabian Sands*; *A Search in*

Secret Egypt, du Dr Paul Bruton; *Napoleon to Nasser*, de Raymond Flower et *The Penguin Guide to Ancient Egypt*.

J'ai également consulté *Flight Through the Ages*, de C.H. Gibbs-Smith, et *Grand Hotel, the Golden Age of Palace Hotels*, de divers auteurs et publié par J.M. Dent and Sons, Ltd.

Mon sentiment, durant toute ma rédaction, a été le plus profond respect pour les œuvres de Sir Arthur Conan Doyle, pour le créateur autant que pour ses créations. Je partage avec les puristes une admiration pour les qualités de Holmes. Celle que l'on oublie souvent, c'est qu'il était un gentleman victorien du début de ce siècle. « Nous vivons une époque matérialiste et utilitaire, dit-il un jour à Watson. La chevalerie est un concept médiéval. » Mais il était, autant qu'un grand détective, un chevalier du Moyen Âge. C'est ainsi que je le considère.

Alan ARNOLD.

1945
★★★

Impression Brodard et Taupin à La Flèche (Sarthe)
le 5 mars 1986
1712-5 Dépôt Légal mars 1986. ISBN 2 - 277 - 21945 - 2
Imprimé en France

Editions J'ai Lu
27, rue Cassette, 75006 Paris
diffusion France et étranger : Flammarion